Vanessa Sangue

Angel & Reaper – Du gehörst mir

Über die Autorin

Vanessa Sangue hegt eine große Leidenschaft für Bücher, tätowierte Männer und Gefahr. So ziemlich alles davon findet sich auch in ihren Romanen. Ihre Charaktere sind für sie wie eine zweite Familie, die sie langsam aber sicher in den Wahnsinn treibt. Wenn sie gerade nicht schreibt, spielt Vanessa den Dosenöffner für ihre beiden Katzen, versinkt mit einer guten Tasse Tee in anderen Welten und versucht weder den Pizza- noch den Paketboten vor ihre Tür zu bestellen (leider ohne Erfolg).

VANESSA SANGUE

Angel & Reaper

Du gehörst mir

Roman

Für Janine

Danke für alles ! ♡

xo

VanSang

.digital LYX

Vollständige ePub-to-Print-Ausgabe des in der Bastei Lübbe AG erschienenen eBooks »Angel & Reaper – Du gehörst mir« von Vanessa Sangue

LYX.digital in der Bastei Lübbe AG

Originalausgabe

Textredaktion: Kathleen Weise
Umschlaggestaltung: © Guter Punkt, München | www.guter-punkt.de unter Verwendung von Motiven von shutterstock (© BLACKDAY) und thinkstock (© Rawpixel, © busenda, © vectorbomb, © Rusty86, © Angel_1978)
Satz: 3w+p GmbH, Rimpar
Druck: Books on Demand GmbH, Norderstedt

ISBN: 978-3-7363-0792-6

www.lyx-verlag.de
www.luebbe.de
www.lesejury.de

MIX
Papier aus verantwortungsvollen Quellen
Paper from responsible sources
FSC® C105338

Soundtrack

(Don't Fear) The Reaper – Blue Öyster Cult
After Midnight – Dorothy
Bad Girlfriend – Theory of a Deadman
Cherry Pie – Warrant
Crazy B*tch – Buckcherry
Dark Nights – Dorothy
Dirty Little Girl – Burn Halo
Intoxicated – Hinder
Missile – Dorothy
One More Habit – Kelsey Waters
Pour Some Sugar On Me – Def Leppard
Raise Hell – Dorothy
S.E.X. – Nickelback
Whiskey Fever – Dorothy

Vorwort

Liebe Leserin, lieber Leser,

in dieser Geschichte wird es keine schwülstigen Liebesversprechen, Hochzeitstorten oder lange Monologe über die wahre Liebe geben.
Stattdessen gibt es harten Sex, Blut, Tod und kriminelle Machenschaften.

Die Sprache ist drastisch und eindeutig.

Solltest du also eher ein Freund des klassischen Liebesromans mit dem Prinzen in schimmernder Rüstung sein, dann ist diese Geschichte nichts für dich.

Für alle Liebhaber düsterer, grenzwertiger Liebesgeschichten ist das hier genau das Richtige.

Viel Spaß!

xo
Eure Vanessa

Kapitel 1

Alexia

Ich war acht Jahre alt, als ich das erste Mal geschlagen worden war.

Mit sechzehn Jahren hatte ich das erste Mal getötet.

Drei Jahre später war ich eine der gefragtesten Söldnerinnen in Amerika.

Genau aus diesem Grund betrat ich in jenem Moment die Lobby eines eleganten Hotels mitten in Salt Lake City. Ich selbst hatte kein festes Zuhause, keinen Ort, den ich *mein* nannte. Ich ging dorthin, wo die Arbeit war.

Die Absätze meiner High Heels klapperten leise, als ich zu den Aufzügen ging. In meinem schwarzen, hochgeschlossenen Kleid erregte ich keine besondere Aufmerksamkeit. Es ging mir bis zu den Knien und war nicht aufreizend. Niemand würde vermuten, dass zwischen meinen Beinen, an den Oberschenkeln, zwei hauchdünne, aber sehr scharfe Messer befestigt waren. Oder dass sich eine Schusswaffe meiner Lieblingsmarke in der Handtasche befand. Die Beretta war eine sentimentale Erinnerung an meine Vergangenheit.

Und wirklich niemand käme auf die Idee, dass das hauchdünne, silberne Band, das meinen Dutt zusammenhielt, in Wahrheit ein feiner Draht war, der meine letzte Verteidigung darstellte. Natürlich konnte ich mich damit selbst an den Händen verletzen, aber mein Gegenüber würde beim Einsatz des Bandes auf jeden Fall sterben. Das schien mir ein fairer Deal zu sein.

Die Aufzugtüren schlossen sich hinter mir und öffneten sich fünf Stockwerke später wieder. Ich ging die geschlossenen Türen ab, bis ich die mit der Nummer 517 erreicht hatte. Nach meinem Klopfen wurde mir geöffnet, und ein Mann, deutlich größer, muskulöser und hässlicher als ich, stand mir gegenüber. Äußerlich blieb ich ungerührt, während ich innerlich nach Schwachstellen suchte und kalkulierte, wie lange ich brauchen würde, um ihn auszuschalten. Man hatte mir einmal gesagt, dass ich das Gesicht eines Engels, aber den Verstand eines Dämons besäße.

Er sah mich einmal von oben bis unten an, vermutete offenbar nicht, dass ich mit diesem Outfit Waffen trug, und ließ mich ohne Durchsuchung das Zimmer betreten.

Ein weiterer Bodyguard stand links von mir. Er trug ein Waffenholster, das sich unter dem Jackett abzeichnete. Genauso wie der Mann hinter mir. Am anderen Ende des Raums stand ein kleiner runder Tisch mit zwei Stühlen. Auf einem saß ein Mann, vielleicht Ende zwanzig. Der Anzug war maßgeschneidert, die Schuhe frisch poliert. Ein Whiskeyglas in der Hand. Auf dem dunkel lackierten Holztisch lag eine Pistole. Hinter ihm war ein großes Fenster, das auf einen Balkon hinausführte. Zwischen uns stand eine Couch. Während ich auf ihn zuschritt, ging ich innerlich die besten Fluchtwege durch, rechnete mir aus, wen ich zuerst töten müsste, falls es brenzlig werden würde.

»Red Reaper«, begrüßte mich die dunkle Stimme des Mannes. Ich nickte und ließ mich auf den freien Stuhl sinken, legte die Handtasche in den Schoß und sah ihn unverwandt an.

Ich war nicht aufgeregt, nicht nervös. Das war ich auch bei meinem ersten Job nicht gewesen. Wenn man die ersten Jahre seines Lebens in ständiger Angst verbrachte, danach wie durch ein Wunder in ein sicheres Heim gebracht wurde, nur um festzustellen, dass es dort noch viel schlimmer war … Tja, dann gewöhnte man sich solche Dinge irgendwann ab.

«Was kann ich für Sie tun?«

»Ich brauche alle Informationen zu den aktuellen Geschäften eines Konkurrenten.«

»Name?«

»Raphael Zane. Man nennt ihn auch Archangel. Er ist der Präsident der *Angels of Death*, dem örtlichen Motorradclub.«

Ich warf ihm einen skeptischen Blick zu. »Und was haben Sie mit Bikern zu tun?«

»Das geht Sie ja wohl nichts an.«

»Mich geht alles etwas an, was diesen Job betrifft.« Ich schlug die Beine übereinander. »Also?«

»Mein Onkel ist Präsident der *Secret Saints*.«

»Mhm«, machte ich. »Und die Heiligen mögen keine Engel. Verstehe.«

Mein Gegenüber lachte, und das Geräusch schmerzte mir in den Ohren. »Das ist noch milde ausgedrückt.«

»Was wollen Sie wissen?«

»Einfach alles. Ich will die Adressen ihrer Verstecke, interne Strukturen, Familienmitglieder der Angels of Death. Absolut alles über jede noch so kleine Schwachstelle.«

Ich nickte. »Bis wann brauchen Sie die Informationen?«

»So schnell wie möglich.«

Ich wartete einen Augenblick, genoss es, dass der Mann vor mir unter meinem Blick anfing, nervös auf seinem Stuhl herumzurutschen. Als er nichts weiter sagte, hob ich eine Augenbraue. »Meine Anzahlung?«, fragte ich.

Ich sah, wie ein Muskel in seinem Kiefer zuckte. Hatte er wirklich geglaubt, dass ich handeln würde, ohne vorher Geld zu sehen? Ich musste ein Lachen unterdrücken.

Mein neuester Auftraggeber gab einem der Bodyguards ein Zeichen, und im nächsten Moment landete ein Bündel Geldscheine auf dem Tisch. Ich nahm es und zählte schnell nach.

Exakt die Hälfte der Summe. Ich verstaute das Geld in der Handtasche und erhob mich. Der Blick des Mannes folgte mir. Ich konnte in seinen Augen sehen, dass er mich wollte. Ich hingegen dachte nur darüber nach, was wohl die schnellste Art wäre, ihn zu töten.

»Sie hören von mir, Mr. Luar.« Ich machte mich schon auf den Weg zur Tür, als er mich erneut ansprach.

»Warten Sie. Brauchen Sie nicht meine Kontaktdaten?«

Vor diesem Treffen hatten wir einander noch nie gesehen. Der Kontakt erfolgte über meinen letzten, sehr zufriedenen Kunden.

Ich sah ihn über die Schulter hinweg an. Mein Blick sagte ihm eindeutig, dass ich ihn für nicht sehr intelligent hielt. Als ob ich mich auf dieses Treffen eingelassen hätte, ohne vorher alles über ihn herauszufinden.

Er lachte. Es klang nervös.

»Wie gesagt, Sie hören von mir.«

Ein Bodyguard öffnete mir die Tür, und kurze Zeit später empfing mich die frische Frühlingsluft.

Einige Stunden später ging die Sonne auf, und ich hatte genug Informationen über Raphael Zane gesammelt, um meinen Job zu starten. Weniger als die Hälfte davon stammte von legalen Informationsquellen

Ich hatte einen Plan. Er war einfach. Ich hielt nicht viel von komplizierten Plänen, da sie zu viele Schwierigkeiten bereiten konnten. Je komplizierter, desto eher konnte etwas schiefgehen. Ich hielt es lieber einfach, und vielleicht war ich deswegen so erfolgreich.

Wie der Zufall es wollte, schmissen die Angels of Death am kommenden Abend eine Party in ihrem Clubhaus. Ich würde an dieser Party teilnehmen und mir alles an Informationen beschaffen, was ich bekommen konnte, ohne dass Raphael Zane mich jemals zu Gesicht bekam. Ich blieb lieber unterhalb des Radars. Dann würde ich mich so schnell wie möglich im Clubhaus umsehen und die restlichen Informationen besorgen, die mein Kunde wollte. Die meisten Männer wie Zane bewahrten alle wichtigen Unterlagen in ihren Büros auf. Sie waren sich ihrer Stellung so sicher, dass sie niemals damit rechneten, dass es jemand wagen würde, bei ihnen einzubrechen. Schon gar nicht eine Frau.

Ich gab mir eine Woche. Dann wäre die Sache erledigt, und ich konnte Salt Lake City wieder verlassen. Nach einem Job verließ ich gern die Stadt, um allen Konsequenzen aus dem Weg zu gehen.

Da die Nacht bereits vorbei war, entschied ich mich gegen Schlaf. Stattdessen ging ich duschen und bereitete mich danach auf meinen neuen Job vor. Dabei fragte ich mich kurz, ob es vielleicht eine schlechte Idee war, sich mit einem Motorradclub anzulegen.

Kapitel 2

Alexia

Im Spiegel kontrollierte ich noch einmal, ob die blonde Perücke richtig saß. Die kurzen Haare kitzelten mich am Kinn, und das nervte mich jetzt schon. Mein Make-up war stark, Augen dunkel, Lippen ein dunkles, beinahe schwarzes Rot. Eigentlich trug ich immer ein Feuerrot, das zu meinen Haaren passte. Da ich aber an diesem Abend nicht unbedingt wie ich selbst aussehen wollte, hatte ich das lieber gelassen.

Da ich zur Party eines Motorradclubs ging, hatte ich meine normalen Klamotten anziehen können. Dabei hatte ich es mit Absicht etwas übertrieben: schwarzer Ledermini, Netzstrümpfe, Pumps mit Zehnzentimeterabsätzen, schwarzes Top und Lederjacke. Schließlich wollte ich ja, dass man mich für eine x-beliebige Schlampe hielt.

Ich verließ das Hotelzimmer und fuhr mit meinem Bike aus der Tiefgarage. Eine Weile später tauchte das Clubhaus vor mir auf. Davor erstreckte sich ein großer Hof, auf dem unzählige Motorräder und noch mehr Menschen standen. Selbst über den Lärm meiner Maschine hinweg konnte ich die Musik hören. In ein paar Metallfässern hatte man Feuer entzündet. Dahinter erhob sich eine alte Scheune. In den hell erleuchteten Fenstern sah ich die Silhouetten feiernder Menschen.

Bei meiner Ankunft hoben einige Männer die Köpfe. Die Weiber, die an ihnen hingen, beachteten mich nicht weiter. Ich zog mir den Helm vom Kopf, hängte ihn an den Lenker und marschierte in das Clubhaus, als würde es mir gehören.

Drinnen begrüßten mich noch lautere Musik, noch mehr Menschen, Qualm und der starke Geruch nach Alkohol. An der Wand mir gegenüber hing eine wirklich riesige schwarze Fahne. Sie war mindestens fünf Meter lang, und in der Mitte prangte in Weiß ein geflügelter Totenkopf. Das Symbol der Angels of Death.

Es dauerte nicht lange, bis sich ein junger Kerl in mein Blickfeld schob. Er war schlaksig, das Haar mindestens einen Tag zu lange nicht gewaschen. Auf dem Abzeichen seiner Weste stand *Prospect*, Anwärter.

»Wer bist du?«

»Jane«, antwortete ich und verstellte meine Stimme dabei. Falls ich hier noch einmal als mein wahres Ich auftauchen würde, sollte man mein Alias ja nicht direkt mit mir in Verbindung bringen können. Ich grinste und musterte ihn. »Und du?«

»Was willst du hier, Jane?«

Ich sah mich um und verschränkte die Arme vor der Brust. Wie erwartet rutschte der Blick des Jungen direkt zu meinem Ausschnitt. »Ich habe gehört, hier findet eine Party statt, und ich bin hier, um zu feiern.«

»Wir mögen keine Fremden.«

Ich beugte mich nach vorn und hauchte einen Kuss auf seine Wange. »Freut mich, dich kennenzulernen. Wie gesagt, ich bin Jane.« Ich lehnte mich zurück und lächelte ihn an. »Jetzt bin ich keine Fremde mehr.«

Damit ließ ich ihn stehen und mischte mich unter die Leute.

Ich sprach gerade mit einem Biker namens JJ, dessen Hand schon viel zu lange auf meinem Hintern lag, als sich die Stimmung im Clubhaus plötzlich änderte. Suchend ließ ich den Blick durch den riesigen Raum gleiten. Hier und dort standen ein paar Tische und Stühle. Alte Industrielampen hingen von der Decke, die man neu eingezogen hatte, um verschiedene Stockwerke zu schaffen. Zwei Billardtische standen ebenfalls herum, wobei nur an einem gespielt wurde, während auf dem anderen eine halbnackte Frau lag, von deren Körper Shots getrunken wurden.

An dem Ende der Scheune, dem ich am nächsten stand, befand sich eine Bar. Rechts davon führte eine Holztreppe ins erste Stockwerk. Und genau auf dieser Treppe stand Raphael Zane.

Ich musste einen derben Fluch unterdrücken. Irgendwie hatte ich gehofft, dass er sich auf seiner eigenen Party nicht blicken lassen würde.

Er betrat den Raum, als würde er ihm gehören. Was ja auch der Wahrheit entsprach.

Gern hätte ich überprüft, ob meine Perücke sämtliche roten Haare abdeckte und meine blauen Kontaktlinsen das eigentliche Grün meiner Iriden verbargen.

Ich hoffte, dass Zane einfach in der Menge verschwand, aber so viel Glück hatte ich nicht. Er steuerte geradewegs auf mich zu. Verdammt. So war das nicht geplant gewesen. Und ich *hasste* Abweichungen vom Plan. Es bestand die Möglichkeit, dass Zane von mir gehört hatte. In den Kreisen, in denen er unterwegs war, war ich bekannt.

Ich rief mir in Erinnerung, dass man mich als rothaarige, tätowierte Killerin mit grünen Augen kannte. Heute allerdings war ich blond, blauäugig und versuchte, einen möglichst dämlichen Eindruck zu machen, damit ich nicht als Gefahr wahrgenommen wurde. Außerdem erwartete Zane sicher nicht, Red Reaper in seinem Clubhaus vorzufinden. Menschen sahen oftmals nur das, was sie sehen wollten.

Noch bevor mein Zielobjekt mich erreicht hatte, hatte ich mich wieder beruhigt. Ich nahm einen Schluck von meinem Bier, und dabei beobachtete ich aus den Augenwinkeln heraus jede noch so kleine Bewegung von Zane.

Er war groß, gut einen Meter neunzig. Und muskulös. Er trug eine ausgewaschene Jeans, Boots, ein abgenutztes dunkles Shirt und darüber seine Kutte. Sein Gang war selbstsicher und geschmeidig, teilte mir wortlos mit, dass Zane Kampfsport machte. Kämpfer hatten eine bestimmte Art und Weise, sich zu bewegen. Ich bewegte mich normalerweise genauso. Allerdings hatte ich mir für meinen Job angewöhnt, es zu verbergen.

Die dunklen Haare waren militärisch kurz geschnitten. Sein Gesichtsausdruck war neutral, aber an der Art, wie sein Blick die Umgebung abtastete, wusste ich, dass ihm nichts entging.

Ich hätte meine Ersparnisse darauf verwettet, dass er mich, die neue Schlampe auf der Party, bemerkt hatte, sobald er den ersten Schritt auf die Treppe getan hatte. Wahrscheinlich hatte man ihn sogar über mich informiert.

Jetzt blieb er mit ein wenig Abstand vor mir und JJ stehen. Ich hob den Blick und setzte ein künstliches Lächeln auf. Er sah mich an, und ich musste mich zusammenreißen, um den Blick nicht abzuwenden. Seine Augen waren dunkel und schienen direkt in mich hineinzusehen. Sein stechender Blick machte selbst mir ein wenig Angst.

»Hallo«, sagte ich freundlich mit meiner verstellten, etwas zu piepsigen Stimme. Ich fügte noch einen flirtenden Unterton hinzu und legte den Kopf etwas schräg.

Zane musterte mich, und von Nahem musste ich zugeben, dass er gut aussah. In seinen Augen brannte ein dunkles Feuer, das dafür sorgte, dass sich mein Unterleib zusammenzog. Meine Reaktion auf ihn verwirrte mich. Zwar wusste ich einen gutaussehenden Mann durchaus zu schätzen, aber normalerweise erregte mich der bloße Anblick nicht.

Schnell brachte ich mich selbst wieder unter Kontrolle. Mein Plan wurde jetzt schon durcheinandergebracht. Eine weitere Komplikation konnte ich nicht gebrauchen.

Ich unterbrach also den Blickkontakt und betrachtete stattdessen seine Tattoos. Da waren Buchstaben auf seinen Fingern, allerdings konnte ich nicht erkennen, was daraufstand. Ein Tribaltattoo erstreckte sich über seine gesamten Arme und verschwand unter den Ärmeln seines T-Shirts. Neben seiner Kehle prangte ein Totenschädel. Alles in Schwarz-Grau.

»Wer ist deine Freundin, JJ?« Zanes Stimme war tief, dunkel und hallte in mir nach.

»Das ist Jane. Sie ist neu in der Stadt.«

»Ach wirklich?« Zane runzelte etwas die Stirn und musterte mich eingehend.

Ich blieb dabei ganz ruhig, kein verräterisches Herumzappeln.

»Ja, bin vor einer Woche hergezogen.« Ich klimperte mit den Wimpern und schob meine Titten nach vorn.

»Du kommst mir bekannt vor.«

Beinahe entglitt mir das Lächeln. Wenn Zane mich erkannt hatte, gab es nur zwei Optionen: Entweder ich brachte ihn um, da er sich bestimmt denken konnte, wieso Red Reaper plötzlich auf seiner Türschwelle auftauchte, oder ich verschwand spurlos.

Ich kicherte schüchtern, und der Laut tat mir in den Ohren weh. Ich kicherte nie, aber mein Alter Ego für diesen Job tat es. »Mir wurde schon oft gesagt, dass ich ein ziemliches Allerweltsgesicht habe.«

»Das würde ich nicht behaupten.« Zane musterte mich noch einen Moment eingehend, und ich zwang meinen Körper dazu, unter seinem Blick zu erröten. Scheinbar verlegen nippte ich an meinem Bier. In diesem Moment trat ein Kerl mit blonden Haaren von hinten an ihn heran und flüsterte ihm etwas ins Ohr. Auf seinem Hals prangte ein großes Pik, in dessen Mitte sich ein Totenkopf befand. Zane nickte und ließ uns ohne ein weiteres Wort stehen. Der blonde Kerl sah mich kurz an, und ich grinste, biss mir dabei in die Unterlippe.

»Er ist der Boss hier«, kommentierte JJ unnötigerweise. Danach klinkte er sich nahtlos wieder in unser Gespräch ein, als wären wir nicht unterbrochen worden, und erzählte mir von dem neuen Bike, das er sich bald kaufen würde. Ich hörte ihm gar nicht richtig zu.

Verdammte Scheiße. Hatte Zane mich erkannt? Wusste er, dass ich Red Reaper war?

Ich zählte langsam von hundert rückwärts. Der kurze Moment, in dem ich beinahe so etwas wie Panik verspürt hatte, ging vorbei.

Es war schlecht, dass Zane mich heute entdeckt hatte. Mir wäre es lieber gewesen, wenn er nie von mir erfahren hätte. Aber das konnte ich jetzt nicht mehr ändern. Ich würde meinen Plan trotzdem durchziehen.

Wieder die Ruhe selbst lächelte ich JJ an und ließ mich noch ein wenig von ihm betatschen.

»Möchtest du noch was trinken?«, fragte ich süßlich und rieb meine Brüste an seinem Arm.

Er grinste mich an. »Klar, Süße.«

Ich drehte mich um und machte mich auf den Weg zur Bar. Menschen redeten mehr, wenn sie betrunken waren.

Kapitel 3

Raphael

Die Frau ging mir nicht mehr aus dem Kopf. Sie war wirklich verdammt scharf gewesen. Die blonden Haare, die blauen Augen … und dann dieses schüchterne Lächeln. Aber ein Blick in diese Augen hatte mir gesagt, dass sie alles andere als unschuldig war. Diese Frau bedeutete Gefahr. Und das zog mich unwiderstehlich an. Dabei stand ich nicht mal auf Blondinen. Allerdings war da auch dieses Kichern … Ich verzog das Gesicht. Ich hasste es, wenn Frauen kicherten. Und trotzdem wollte ich sie unter mir. Nackt. Meinen Namen schreiend. Denn in ihren Augen hatte ein Feuer gestanden, das es mit meinem aufnehmen konnte.

Ich rollte die Bierflasche zwischen den Fingern, während ich mich fragte, was die Blondine wohl tun würde, wenn ich sie mir schnappte, ihr die Klamotten vom Leib riss und sie gleich hier vor allen fickte. Bei dem Gedanken regte sich mein Schwanz.

«Archangel.«

Etwas traf mich an der Schulter, und ich fokussierte den Blick auf den Mann vor mir.

»Hörst du mir überhaupt zu?«

Ich runzelte die Stirn. »Hast du mich gerade etwa geschlagen?«

Spades lachte. »Weil du mir nicht zugehört hast.«

Ich zeigte ihm den Mittelfinger, was ihn nur noch mehr zum Lachen brachte. Spades war der Vizepräsident des Clubs. Wir hatten schon die größte Scheiße erlebt, und das hatte uns zusammengeschweißt.

»Also?« Ich verbannte die Gedanken an die Frau aus meinem Kopf und konzentrierte mich auf Spades.

»In letzter Zeit gab es keine ungewöhnlichen Vorfälle. Die Saints verhalten sich ruhig.«

Die Secret Saints waren ein konkurrierender Motorradclub, der schon öfters auf meinem Territorium gewildert hatte. Genauso wie wir auf ihrem unterwegs gewesen waren. Ich hasste die Saints. Ich wollte sie dem Erdboden gleichmachen. Bisher hatte es immer nur kleinere Auseinandersetzungen gegeben, aber mein Instinkt sagte mir, dass das nicht mehr lange so bleiben würde.

Ich nickte. »Gut.«

Spades grinste mich an. »Wirst du dir die Neue schnappen?«

Automatisch huschte mein Blick zu der Stelle, an der ich sie zuletzt gesehen hatte. Aber dort stand sie nicht mehr. Ich suchte den Raum ab und fand sie an einem Billardtisch, über den sie sich gerade beugte, sodass ich selbst aus der Entfernung ihre Titten sehen konnte. Hinter ihr stand Mad Max und presste sich gegen ihren Arsch. Sie sah über die Schulter und schien zu lachen.

»Sie kommt mir bekannt vor.«

»Eine Verflossene?«

»Nein, daran würde ich mich erinnern.«

Spades lachte und fuhr sich mit einer Hand durch die ohnehin schon strubbeligen Haare. »Ja, dieser Vorbau ist schwer zu vergessen.«

Ich grinste und trank von meinem Bier.

»Wenn du nicht willst …«

Ich warf ihm einen scharfen Blick zu, und Spades hob lachend die Hände.

«Schon verstanden.«

»Jetzt geh, und such dir eine andere.«

Als Spades verschwunden war, lehnte ich mich mit dem Rücken an die Wand und sah mich um. Vor mir befand sich alles, was mir in dieser Welt etwas bedeutete. Ich war der dunkle Herrscher dieses Reichs, und niemand würde es wagen, sich mir in den Weg zu stellen.

Kapitel 4

Alexia

Ich kam von der Toilette, wo ich ein letztes Mal mein verändertes Erscheinungsbild kontrolliert hatte, und sah mich in der Scheune um. Es war bereits weit nach Mitternacht, und ausnahmslos jeder hier war betrunken. Zane hatte ich schon eine ganze Weile nicht mehr gesehen und vermutete, dass er sich eine dieser Bikerschlampen geschnappt hatte und sie wahrscheinlich gerade in diesem Moment vögelte. Das war mir nur recht. Ich konnte keine wachsamen Augen gebrauchen.

Ich ging nach draußen zu meinem Bike und klappte den Sitz hoch, damit ich die schwarzen Handschuhe herausholen konnte, und streifte sie mir über. So würde ich keine Fingerabdrücke hinterlassen. Ich tauschte die High Heels gegen Turnschuhe, damit konnte ich sowohl besser fliehen als auch besser kämpfen. Danach nahm ich meine Beretta heraus und steckte sie mir hinten in den Rockbund, versteckt unter der Lederjacke. Ich nahm einen tiefen Atemzug und entspannte mich.

Drinnen begrüßten mich noch immer die laute Musik und lallende Gespräche. Der Alkohol floss weiterhin in Strömen. Niemand schenkte mir große Beachtung, und ich drückte mich in die Schatten des Raums, damit es dabei blieb. Geräuschlos bewegte ich mich an der Wand entlang, bis ich die Treppe erreichte.

Von einem gewissen Mad Max hatte ich erfahren, dass Zane sein Büro am Ende des Flurs im ersten Stock hatte. Und genau dorthin war ich jetzt unterwegs. Leider hatte ich an diesem Abend nicht viel mehr erfahren. Biker waren schweigsamer, als ich es erwartet hatte.

Ich vergewisserte mich mit einem Blick über die Schulter, dass mich niemand beobachtete, und schlich danach die Treppe hoch.

Holz, kahle Wände und verschlissene Teppiche begrüßten mich. Aber keine Biker. Das war gut. Langsam ging ich den Flur entlang. Nicht nur aus einem Zimmer konnte ich eindeutiges Stöhnen hören. Von denen würde mich wohl in nächster Zeit niemand stören.

Vor Zanes Büro blieb ich stehen und lauschte. Alles war ruhig. Keine Lichtstrahlen drangen unter der Tür hervor.

Ich drückte die Klinke herunter, aber der Raum war verschlossen. Leise fluchte ich. Aber davon ließ ich mich nicht aufhalten.

Schnell zog ich mein Werkzeug hervor und knackte das Schloss. Ich schlüpfte hinein und schloss die Tür lautlos hinter mir. Drinnen spendete mir der Mond Licht, und ich gab meinen Augen einen Moment Zeit, um sich an die veränderten Lichtverhältnisse zu gewöhnen. Niemals würde ich Licht einschalten oder eine Taschenlampe benutzen – viel zu auffällig.

Viel konnte ich bei den Lichtverhältnissen nicht erkennen, aber es herrschten eindeutig dunkle Farben vor. Ein dunkler Teppich und dunkles Holz. Auf der linken Seite befand sich eine alte Couch, neben der eine Glasvitrine stand, die Hochprozentiges und die passenden Gläser enthielt. Hinten im Raum stand ein Schreibtisch.

Ich bewegte mich vorsichtig durch den Raum, scannte die Umgebung, um den wohl wahrscheinlichsten Platz für die Unterlagen zu finden. Ich konnte keine Safes ausmachen, also hockte ich mich hinter den Schreibtisch. Die dritte Schublade, an der ich zog, war verschlossen. Ich grinste. Männer waren so vorhersehbar.

Es dauerte nicht lange, da hatte ich auch dieses Schloss geknackt. Ich schnappte mir die Mappen, die in der Schublade lagen, und legte sie auf den Schreibtisch, um sie durchzusehen. Ich hatte gerade die ersten Unterlagen überflogen, als ein Klicken ertönte.

Mein Kopf ruckte hoch. Die Tür öffnete sich. Sofort griff ich nach der Waffe. Beinahe zeitgleich ertönte ein metallisches Geräusch, das anzeigte, dass eine Pistole entsichert worden war. Im nächsten Moment flammte helles Licht auf. Ich musste blinzeln, und als ich wieder klar sehen konnte, entdeckte ich einen Mann, der eine Waffe auf mich richtete.

Scheiße.

Mein Herz begann zu rasen. Es war der Typ, der mit Zane gesprochen hatte. Das blonde Haar war an den Seiten kurz geschoren, und ich konnte erkennen, dass sein Schädel tätowiert war. Mittig waren die Haare gerade so lang, dass er sie zu einem eher mickrigen Irokesen stylen konnte. Er trug ein dunkles Shirt, Kutte, Jeans und Bikerboots. Fast jeder Zentimeter seiner Haut, den ich sehen konnte, war mit farbenfrohen Tattoos geschmückt.

»Hab ich dich nicht vorhin mit JJ auf der Party gesehen?«, fragte mich eine dunkle Stimme.

Ich zuckte wortlos mit den Schultern.

»So dankst du uns also unsere Gastfreundschaft?«

»Was soll ich sagen? Das Bier war schal.«

Er grinste. »Wer bist du?«

»Die Putzfrau.«

Der Mann lachte. »Kleine, ich kenne unsere Putzfrauen, und die sind lange nicht so scharf wie du.«

Ich umrundete den Schreibtisch. Die Unterlagen darauf waren vergessen. Jetzt musste ich mich erst mal darum kümmern, meinen Arsch hier rauszubringen.

»Ich nehme das mal als Kompliment.« In meinem Rücken befand sich die Wand. Ich hatte gehofft, dass sich der Mann mit mir bewegen und in den Raum treten würde, aber das tat er nicht. Er blieb in der verdammten Tür stehen und nahm mir damit die einzige Fluchtmöglichkeit. Lediglich seine Waffe folgte mir.

»Oh, unbedingt. Leider wird mich das nicht davon abhalten, dich zu töten.«

»Wer sagt denn, dass du dazu in der Lage bist?«

Einen Moment lang starrte mich der Mann überrascht an, bevor sich ein Grinsen auf sein Gesicht schlich, das bestimmt schon einige Frauen ins Verderben geführt hatte.

»Vorlaut und heiß. Vielleicht nehme ich dich erst noch für eine Nacht mit zu mir, bevor ich dich umbringe.«

»Danke für das Angebot, Süßer, aber ich muss leider ablehnen. Ich hab schon was vor.«

Er hob eine Augenbraue. »Süßer?«

Während unseres Gesprächs bewegte ich mich langsam auf ihn zu. Ich hatte bereits gesehen, dass er seine rechte Seite weniger belastete. Das würde mein Angriffspunkt sein. Aber erst musste ich seine Waffe aus dem Weg räumen. Ich war zwar gut, aber einer Kugel konnte auch ich nicht ausweichen.

Und ich konnte selber nicht schießen, da ich erstens keinen Schallschutzdämpfer auf meiner Beretta hatte, und ich zweitens nicht riskieren konnte, dass Zane durch den Mord in Alarmbereitschaft versetzt wurde. Ich brauchte jetzt zwar sowieso einen neuen Plan, aber ein Mord würde Zane dermaßen in Aufruhr versetzen, dass es so gut wie unmöglich sein würde, in nächster Zeit an ihn heranzukommen. Und Zeit war Geld.

Ich zuckte mit der Schulter. »Ja, süß. Dein Grinsen ist sogar ganz niedlich.«

»So langsam machst du mich wütend, Frau.« Seine blauen Augen blitzten mich dennoch amüsiert an. Wahrscheinlich glaubte er nicht, dass ich irgendeine Gefahr darstellen würde.

Das wird er noch bereuen.

Endlich war ich nahe genug. Ich leckte mir über die Lippen, und sofort fokussierte sich sein Blick auf die Bewegung. Er war eine Sekunde lang unachtsam, und das nutzte ich aus. Mit einer schwungvollen Bewegung drehte ich mich einmal um die eigene Achse und trat ihm dabei die Waffe aus der Hand. Sie schlitterte über den Boden und knallte gegen die Wand. Überrascht sah mich der Mann an.

Ich grinste, bevor ich mich auf ihn stürzte.

Rein körperlich war ich als Frau in beinahe jedem meiner Kämpfe unterlegen. Ich konnte trainieren, so viel ich wollte, ich würde niemals die Stärke eines ausgebildeten Mannes erreichen. Also versuchte ich es erst gar nicht. Stattdessen verlegte ich mich auf Technik.

Ich sprang ab und in seine Arme, schlang die Beine um seine Taille. Ich zwinkerte ihm zu, bevor ich den Oberkörper nach hinten fallen ließ. Da der Kerl hauptsächlich seine linke Seite belastet hatte, brachte ihn das aus dem Gleichgewicht. Er stolperte nach vorn, und meine Hände berührten den Boden. Ich nutzte den Schwung, spannte die Oberschenkel an und warf den Mann über mich hinweg zu Boden. Blitzschnell löste ich die Umklammerung und sprang auf seinen Rücken. Meine Knie lagen neben seinem Kopf auf dem Boden, meine Schienbeine drückten seine Oberarme runter. Schnell zog ich das dünne Seil aus der Rocktasche und wickelte es um seinen Hals, bog seinen Kopf nach hinten.

Er röchelte und spannte seine beachtlichen Muskeln an. Wenn er mich jetzt abwerfen konnte, war ich geliefert. Ich hatte das Überraschungsmoment genutzt und ihn überwältigt. Ein zweites Mal würde mir das nicht gelingen.

»Tut mir leid, Süßer. Du hättest nicht hier sein sollen. Aber keine Sorge, ich bringe dich nicht um. Sobald du bewusstlos bist, verschwinde ich.«

Plötzlich spürte ich kaltes Metall an meiner Kehle, und eine dunkle Stimme erklang an meinem Ohr. »Das bezweifle ich.« Zane. Seine Stimme erkannte ich sofort wieder. Ich erstarrte. Ohne Zweifel war das eine sehr scharfe Klinge an meinem Hals, und eine falsche Bewegung würde mich das Leben kosten. Verdammte Scheiße. Mein Plan war vollkommen aus dem Ruder gelaufen. Ich hatte Zane nicht mal gehört. Wo kam der Typ überhaupt her?

»Lass das Seil los.«

Ich zögerte vielleicht zwei Sekunden, und sofort wurde es warm an meinem Hals. Ich brauchte keinen Spiegel, um zu wissen, dass mir ein feines Blutrinnsal über die Haut lief.

»Ich sage es nicht noch mal.«

Ich öffnete die Fäuste, das Seil glitt mir aus den Händen, und der Mann unter mir holte röchelnd Atem. Ich merkte, wie sich seine Lungen wieder mit Luft füllten.

»Hände auf den Rücken.«

Ich folgte dem Befehl, und im nächsten Moment spürte ich, wie sich Handschellen darumschlossen. Ich wurde hochgerissen und an eine muskulöse Brust gezogen, dabei verließ das Messer niemals meinen Hals.

»Steh auf, Spades.«

Der Mann, den ich überwältigt hatte, rappelte sich hoch. In seinem rechten Auge war ein Äderchen geplatzt, ein feiner roter Streifen zog sich um seinen Hals, und er starrte mich an, als wollte er mich auf der Stelle töten.

»Schlampe.«

Ich grinste ihn an. »Du mich auch, Süßer.«

»Schließ die Tür«, sagte Zane hinter mir.

Im nächsten Moment wurde ich auf einen Stuhl gedrückt, und meine Handschellen wurden an einer Seite geöffnet, die dann an dem Stuhl befestigt wurde.

Ich blickte hoch und sah mich zwei gutaussehenden Männern gegenüber, die beide aussahen, als würden sie mir am liebsten den Hals umdrehen.

Ich lächelte. »Tut mir leid, aber ich bin nicht in der Stimmung für einen Dreier.«

Kapitel 5

Raphael

Ich würde sie umbringen. Erst würde ich sie ficken, und dann würde ich sie umbringen.

Mühsam wandte ich den Blick von ihr ab und starrte Spades an, der sich den Hals rieb. »Ehrlich? Von einer Frau?«

»Sie hat mich überrascht!«, verteidigte er sich. »Außerdem … Sieh sie dir mal an. Sie ist gut zwanzig Zentimeter kleiner als ich und wiegt nicht mal die Hälfte von mir. Ich konnte ja nicht ahnen, dass sie eine Killerin ist.«

Ich schüttelte den Kopf. Ich war sofort hergekommen, als der stille Alarm mein Handy zum Vibrieren gebracht hatte. Sie hatte wahrscheinlich die versteckte Kamera nicht entdeckt, die in einer Ecke des Flurs hing und auf Bewegungen reagierte. So wusste ich immer, wenn jemand mein Büro betreten wollte. Nicht, dass ich besonders wichtige Unterlagen dort versteckt hatte, die waren woanders, aber es war immer gut zu wissen, wer sich Zugang zu meinem Reich verschaffen wollte.

Ich sah mich um und entdeckte die geknackte Schublade und ihren Inhalt auf meinem Schreibtisch. Schien, als hätte diese Jane wirklich geschickte Finger. Bei dem Gedanken meldete sich mein Schwanz, aber ich ignorierte ihn und wandte mich stattdessen wieder der Frau zu.

Wäre ich nicht so schnell da gewesen, wäre Spades jetzt weggetreten und sie verschwunden. Das würde allerdings nicht mehr passieren.

Ich richtete den Blick wieder auf die Frau. Ich wusste zwar nicht, was ich mit ihr tun würde, aber gehen lassen würde ich sie bestimmt nicht.

»Wer bist du?«, fragte ich.

Das feine Blutrinnsal an ihrem Hals lenkte meine Aufmerksamkeit auf sich, und ich ballte die freie Hand zur Faust. Ich war ein verkorkstes Arschloch, und ich stand auf Blut. Es am Hals dieser Frau zu sehen … Ich musste mich schwer zusammenreißen, um nicht sofort über sie herzufallen.

Schon als ich sie vor Kurzem kennengelernt hatte, war ich von ihr fasziniert gewesen. Sie war heiß, das stand außer Frage. Und ihre Augen zogen mich sofort in ihren Bann. Dabei hatte sie wirklich versucht, unschuldig zu wirken. Aber das hatte mich nicht täuschen können. Dunkelheit erkennt Dunkelheit. Und hinter dieser engelsgleichen Fassade schlummerte eindeutig Finsternis. Das hatte mir dieser Abend nur bestätigt.

Sie war ein Profi. Und sie war gefährlich. Andernfalls hätte sie Spades nicht überwältigen können. In der Position, in der ich die beiden gefunden hatte, hätte sie ihn auch töten können. Und sie hatte in der kurzen Zeit, die ich gebraucht hatte, um von draußen zu meinem Büro zu laufen, auch noch zwei Schlösser geknackt. Diese Frau wusste eindeutig, was sie tat.

«Das sagte ich doch schon. Ich bin die Putzfrau.« Sie besaß doch tatsächlich die Frechheit, mich anzugrinsen. »Und wie ich deinem Freund ebenfalls schon sagte, habe ich heute Abend noch etwas vor. Würdest du mich also losmachen?« Sie klimperte mit den Wimpern. »Bitte?«

Ich biss die Zähne zusammen. Spades machte knurrend einen Schritt auf sie zu.

»Setz dich!«, fuhr ich ihn an.

Überrascht sah er mich an, setzte sich aber. Allerdings nicht, ohne mir vorher den Mittelfinger zu zeigen.

Ich machte einen Schritt vorwärts und stützte mich mit den Händen auf die Armlehnen des Stuhls, an den sie gefesselt war. Das Messer hielt ich weiter in der Hand. »Ich stehe nicht auf Frauen, die aufmüpfig sind.«

Sie warf einen Blick auf meinen Schritt, wo sich bestimmt meine beginnende Erektion abzeichnete, und bog die Mundwinkel nach oben. »Klar.«

Ich knirschte mit den Zähnen. Aus der Nähe sah sie sogar noch heißer aus. Ihre Haut war makellos, ihre Gesichtsknochen fein geschnitten. Ich betrachtete das Blut auf ihrer Alabasterhaut. Meine Hand spannte sich um den Messergriff. Diese Frau war eine einzige Versuchung. Und dass sie auch noch verdammt gut roch, machte die Sache nicht gerade besser.

»Wer bist du?«, fragte ich noch einmal. »Und diesmal bekomme ich besser eine vernünftige Antwort. Meine Geduld ist am Ende.«

Ohne die geringste Andeutung von Furcht sah mir die Frau in die Augen. Das brachten die meisten Männer in meinem Geschäft nicht zustande. Wieso hatte sie keine Angst? Jeder, der noch halbwegs bei Verstand war, hätte in dieser Situation Angst. Aber in ihrem Blick war nichts davon zu lesen. Stattdessen schien sie rein rational zu überlegen, was sie tun sollte.

»Du möchtest also wirklich wissen, wer ich bin?«, fragte sie schließlich leise. Ihre Stimme war dunkel und leicht kratzig, als wäre sie irgendwann mal sehr hart gewürgt worden. Und ich konnte nur daran denken, wie sie wohl beim Orgasmus klang. Anscheinend hatte ich mich gar nicht mehr unter Kontrolle.

Sie kam mit ihrem Gesicht ganz nah an meines, bis wir dieselbe Luft atmeten. Ihre Atmung ging schneller, und ich spannte mich an. Ihre Lippen streiften meinen Kiefer, und ein Ruck ging durch meinen Körper. Sie näherte sich meinem

Ohr. Alles in mir konzentrierte sich auf das leise Geräusch ihres Atems und wo ihr Mund mich als Nächstes berühren würde. Sie holte tief Luft, und ich wartete gespannt.

»Du wirst niemals erfahren, wer ich wirklich bin, Zane.«

Im nächsten Moment sah ich eine schnelle Bewegung aus den Augenwinkeln, aber es war zu spät, um noch zu reagieren. Plötzlich spürte ich eine scharfe Klinge an meinem Hals. Die Frau lehnte sich zurück und grinste mich an.

Sie hatte mir mein verdammtes Messer aus der Hand genommen, als ich abgelenkt gewesen war, und hielt es mir jetzt an die Kehle. So wie ich bei ihr zuvor.

Wäre ich nicht so verdammt sauer, wäre ich vielleicht beeindruckt gewesen.

Spades sprang auf, aber Jane, bei der ich mir inzwischen sicher war, dass sie gar nicht Jane hieß, starrte ihn mit einer Eiseskälte im Blick an, dass selbst mir ein wenig anders wurde.

»Keine Bewegung oder dein Freund hier wird mit seinem Blut dem Teppich eine neue Farbe verpassen.« Weder ihre Stimme noch ihre Hand zitterten, und ich war überzeugt, dass sie keine leere Drohung aussprach.

Ich konnte Spades‹ Unschlüssigkeit beinahe körperlich spüren, aber schließlich hörte ich, wie er sich wieder hinsetzte.

Jetzt richtete die Frau ihren Blick auf mich.

»Aufmachen.«

Ich starrte sie an.

Sie bewegte die Hand, die noch mit den Handschellen am Stuhl festgemacht war. Wenigstens hatte ich heute eine Sache gelernt: Ich würde nie wieder jemanden an einen Stuhl fesseln und ihm eine freie Hand lassen. Schon gar nicht, wenn dieser jemand eine heiße Braut war, die vorher in mein Büro eingebrochen war und meinen besten Freund beinahe ausgeknockt hatte.

Ich zog die Schlüssel aus der Hosentasche und beugte mich vorsichtig etwas vor. Die Frau bewegte das Messer mit mir, sodass ich ihre Handschellen aufschließen konnte, ohne mir selbst die Kehle durchzuschneiden. Mit einem metallischen Klappern fielen ihre Fesseln zu Boden.

Ich sah sie an. »Und jetzt? Du kannst uns nicht beide mit einem Messer abwehren.« Alles in mir brannte darauf, zum Angriff überzugehen, aber im Moment hatte sie die besseren Karten. Allerdings konnte sie nicht ernsthaft glauben, dass sie es schaffen würde, mich als Geisel zu nehmen. Ich war viel größer und viel stärker als sie. Ein Moment der Unachtsamkeit, und ich hätte sie überwältigt. Besonders, da sie nur mit einem Messer bewaffnet war. Im Nahkampf wäre sie mir hoffnungslos unterlegen.

»Stimmt.« Sie grinste mich an, und ich runzelte die Stirn. Was hatte sie vor? »Mit einem Messer komme ich nicht weit. Und deswegen gibst du mir jetzt die Pistole, die hinten in deinem Hosenbund steckt.«

Ich erstarrte. Wann hatte sie die denn bemerkt?

Ich wog meine Möglichkeiten ab und kam zu dem Schluss, dass ich keine andere Wahl hatte. Ich könnte mich weigern, aber dann würde sie mich wahrscheinlich töten. Und die Art und Weise, wie sie selbstsicher das Messer hielt, verriet mir, dass Spades niemals schnell genug sein würde, um mir zu helfen. Bevor er auch nur zwei Schritte gemacht hätte, wäre meine Kehle durchtrennt. Und auch wenn Spades sie danach töten könnte, würde mir das nicht mehr viel bringen, da ich selber tot war.

»Das wirst du bereuen«, knurrte ich, während ich hinter mich griff und meine Waffe hervorholte.

»Archangel …«, sagte Spades hinter mir und klang warnend. Ich ignorierte ihn.

Die Frau nahm mir die Waffe aus der Hand. Sie war schlau genug, nicht einen Moment lang den Blick von mir abzuwenden. Sie entsicherte die Sig Sauer und richtete den Lauf auf mich.

«Zurück«, kommandierte sie.

Nachdem ich mich aufgerichtet und einen Schritt zurück gemacht hatte, stand auch sie auf. Jetzt richtete sie die Waffe auf Spades und das Messer auf mich. Langsam bewegte sie sich rückwärts.

Fieberhaft dachte ich nach. Aber egal, was ich tat, sie hätte auf jeden Fall Zeit für einen Schuss. Ich war zwar ein Arschloch, aber meinen besten Freund würde ich trotzdem nicht opfern. Außerdem konnte ich mir nicht sichern sein, ob sie nicht doch zuerst auf mich schießen würde.

»Du wirst dich nicht verstecken können. Ich werde dich finden. Und dann werde ich dich töten.«

Sie lachte, aber darin schwang keine Belustigung mit. »Stell dich hinten an, Arschloch.«

Einige Schritte vor der Tür blieb sie stehen und hockte sich hin. Sie ließ das Messer fallen und schnappte sich ihre Pistole, die sie beim Kampf mit Spades fallen gelassen hatte. Dabei ließ sie uns nicht eine Sekunde aus den Augen.

Schließlich erreichte sie die Tür. Noch immer waren beide Waffen auf uns gerichtet. Ich sah auf den Boden. Wenige Schritte von mir entfernt lag Spades‹ Waffe, die sie ihm aus der Hand getreten hatte.

Die Tür war geschlossen. Das bedeutete, dass sie eine Waffe wegstecken musste, um sie zu öffnen. Das wäre meine Chance. In der Zeit, die sie bräuchte, um die Tür zu öffnen, konnte ich mir die Waffe schnappen und ihr in den Oberschenkel schießen. Dann konnte sie ihre Flucht vergessen. Mehr brauchte ich nicht. Nur diese paar Sekunden.

Sie sah uns an. »Also, es war wirklich nett, euch kennenzulernen. Aber jetzt muss ich los.«

Im nächsten Moment spannte sie zeitgleich die Hähne beider Waffen. Ich erstarrte. Wollte sie uns jetzt doch erschießen? Sie drückte ab. Instinktiv sprang ich zur Seite und sah aus dem Augenwinkel, wie Spades dasselbe tat. Aber sie hatte gar nicht auf uns gezielt. Rechts von mir zersplitterte die Glasvitrine. Die andere Kugel schlug zwischen Spades und mir im Schreibtisch ein.

Ein verdammtes Ablenkungsmanöver!

Ich hechtete nach vorn und griff nach der Pistole, die dort lag. Blitzschnell rollte ich mich auf die Seite und zielte. Aber alles, was ich noch sah, war ihr Knackarsch, der durch die Tür verschwand.

Ich hatte recht gehabt. Sie mochte vielleicht das Gesicht eines Engels besitzen, aber dahinter verbarg sich der Teufel.

Schnell hechtete ich zur Tür und riss sie mit einem Ruck auf, sodass das Schloss knackend nachgab. Ich sah gerade noch, wie Jane zur Treppe lief.

»Haltet die Frau auf!«, brüllte ich laut genug, um hoffentlich die Musik zu übertönen.

Ich sah zu Spades, der genauso geschockt aussah, wie ich mich fühlte. Aber nach wenigen Sekunden schüttelte er den Kopf und grinste mich an.

»Ehrlich? Von einer Frau?«

Ich knirschte mit den Zähnen.

Ich würde sie beide umbringen.

Kapitel 6

Alexia

Ich rannte die Treppe hinunter, als Zanes donnernde Stimme scheinbar die Wände zum Vibrieren brachte. Einige, noch nicht komatöse Biker schienen ihn ebenfalls gehört zu haben, denn sie bewegten sich entschlossen auf mich zu. Ich gab Gas, entging gerade so einer Hand, die nach mir griff, sprang auf den Billardtisch und darüber hinweg.

Ich rannte, bis ich meine Maschine erreicht hatte. Gerade, als ich den Motor gestartet hatte, sah ich, wie die Tür des Clubhauses geöffnet wurde. Zane stand im Türrahmen, und in diesem Moment sah er wirklich aus wie Gottes gefürchtetste Waffe – ein Erzengel.

Allerdings plante ich nicht, abzuwarten, was passieren würde, wenn er mich erreicht hatte.

Ich ließ den Motor aufheulen und fuhr in die Nacht hinaus. Wenige Augenblicke lang war nichts außer dem Geräusch meines Motorrads zu hören, aber dann erhob sich hinter mir ein Donnergrollen. Die Angels of Death hatten die Jagd aufgenommen.

Ich brachte mein Bike an die Grenzen seiner Belastbarkeit und rauschte die dunkle Straße entlang. Sollte ich bei dieser Geschwindigkeit einen Unfall bauen, wäre ich sofort tot. Allerdings wäre das wohl immer noch gnädiger als das, was Zane mir antun würde. Er hatte diesen Ausdruck in seinen Augen gehabt, den ich schon so oft gesehen hatte. Mordlust.

Hinter mir donnerten die Bikes des Clubs. Ich musste es nur bis in die Stadt schaffen. Dort fielen die Angels of Death zu sehr auf, als dass sie mich einfach entführen konnten.

Kalter Wind peitschte mir ins Gesicht und sorgte dafür, dass sich eine Gänsehaut auf meinem ganzen Körper bildete. Ich war einfach nicht richtig angezogen für eine kleine nächtliche Spritztour.

Obwohl ich befürchtete, dass ich jeden Moment von Bikern eingekesselt wurde, schaffte ich es tatsächlich bis in die Stadt. Das dunkle Grollen hinter mir ließ nach, löste sich aber nicht völlig auf. Da aber auch ich jetzt meine Geschwindigkeit drosseln musste, konnte ich mich nicht wirklich darüber freuen.

Ich sah in den Seitenspiegel und entdeckte auf Anhieb drei Bikes, die mir auf den Fersen waren. Ich verwettete meinen Hintern darauf, dass Zane einer von ihnen war. Am liebsten wäre ich spurlos verschwunden. Aber das ging nicht so einfach. Meine Gedanken rasten.

Wie durch ein Wunder schaffte ich es bis zu dem Hotel, in dem ich wohnte. Als ich in die für Gäste reservierte Tiefgarage fuhr, erstarb das Motorengeräusch hinter mir. Ich parkte mein Motorrad in der hintersten Ecke, holte meine Sachen aus dem Sitz und hechtete zum Aufzug. Ich vertraute nicht unbedingt darauf, dass die Hotelsecurity mit Zane fertig wurde.

Als ich schließlich mein Zimmer erreichte, erlaubte ich mir einen tiefen Atemzug, um mich zu sammeln, bevor ich mich an die Arbeit machte.

Ich zog Perücke und Kleidung aus, entfernte die Kontaktlinsen und stopfte alles bis auf die Lederjacke in einen großen Müllbeutel. Dann zog ich mir weitaus unauffälligere Kleidung an und warf mir die Lederjacke wieder über. Meine Haare band ich zu einem hohen Pferdeschwanz zusammen und setzte mir ein schwarzes Basecap auf, das mein Gesicht vor den Überwachungskameras verstecken würde. Danach packte ich den Rest meiner Sachen zusammen und verließ das Zimmer wieder. Den Müllsack warf ich in den Wäscheschacht am Ende des Gangs.

Keine Stunde nach dem Zwischenfall in Zanes Büro checkte ich aus. Die Kreditkarte, die ich benutzte, gehörte zu einem Konto, auf dem gerade genug Geld war, um das Hotel zu bezahlen.

Einen Moment stand ich unschlüssig in der Lobby, bevor ich mich langsam auf den Ausgang zu bewegte, blieb dann aber wie angewurzelt wieder stehen, als ich die Biker entdeckte, die scheinbar ganz lässig auf der anderen Straßenseite parkten. Ganz vorn stand Zane, mit vor der Brust verschränkten Armen, und ließ suchend den Blick schweifen.

Allerdings hatte sich die Gruppe, die mich verfolgt hatte, eindeutig verkleinert. Wahrscheinlich standen an sämtlichen Ausgängen Biker und warteten auf mich.

Ich fluchte unterdrückt, drehte mich um und fuhr mit dem Aufzug in die Tiefgarage. Dort hielt sich zum Glück niemand außer mir auf. Jetzt musste ich nur noch das Problem lösen, wie ich mich und mein Bike ungesehen hier rausbekam. Ich sah mich suchend um. Hier musste es doch einen verfluchten zweiten Ausgang geben!

Nach einer gefühlten Ewigkeit, in der ich jede Sekunde befürchtete, dass Zane mir hier unten Gesellschaft leisten würde, entdeckte ich ein dezentes und ziemlich verstecktes Schild, das einen zweiten Ausgang versprach.

Ich holte mein Motorrad und schob es in die Richtung, in die mich das Schild führte. Es dauerte nicht lange, bis ich schließlich eine dunkle Seitengasse erreichte. Links von mir konnte ich die Hauptstraße entdecken, auf der die Engel auf mich warten würden. Also ging ich nach rechts. Und auch wenn ich mich an ein paar Mülltonnen vorbeiquetschen musste, erreichte ich schließlich eine weitere Querstraße, die es mir erlaubte, mein Motorrad wieder zu starten.

Ich stieß einen erleichterten Seufzer aus, als ich niemanden entdeckte, der mir folgte, und fädelte mich in den Verkehr ein.

Ich ärgerte mich darüber, dass sie es geschafft hatten, mir bis zum Hotel zu folgen. Wenn Zane gut war, wovon ich leider ausgehen musste, würde er meine Zimmernummer herausfinden können. Und ich hatte keine Zeit mehr gehabt, um das Zimmer zu reinigen. *Verfluchte Scheiße!*

Und wenn ich ganz viel Pech und Zane gute Kontakte hatte, würde er meine entsorgte Kleidung in der Wäscherei finden und DNA-Spuren sicherstellen lassen. Nur gut, dass ich in keiner Datenbank existierte.

Ich hatte mal einen Job für ein hohes Tier bei einem Geheimdienst erledigt. Als Bezahlung hatte ich verlangt, dass er mich aus jeder Datenbank der Welt entfernte. Ich benutzte meine wahre Identität sowieso niemals, und ich hatte heute genau wie damals großes Interesse daran, dass man mich nicht aufspüren konnte.

Ich verließ die Stadt und fuhr eine Weile ziellos umher. Mein Plan war gründlich in die Hose gegangen. Aus *einfach* war innerhalb weniger Augenblicke *kompliziert* geworden. Nicht nur, dass die Unterlagen in Zanes Schreibtisch wenig vielversprechend gewirkt hatten, sondern ich war auch erwischt worden. Um dem Ganzen die Krone aufzusetzen, war ich auch noch überwältigt worden und hatte mein Zielobjekt bedrohen müssen, um entkommen zu können.

Und Mr. Luar erwartete Ergebnisse von mir. Also hatte ich nur zwei Möglichkeiten: Entweder ich verschwand oder ich überlegte mir einen neuen Plan und ließ mich diesmal nicht erwischen.

Als ich eine Tankstelle entdeckte, fuhr ich langsamer. Was sollte ich tun?

Die Sache mit Zane war wirklich ein Spiel mit dem Feuer. Ich war gut in dem, was ich tat. Aber der heutige Abend hatte mir gezeigt, dass Zane es auch war. Inzwischen vermutete ich, dass ich eine Art stillen Alarm ausgelöst hatte. Nur so war es möglich, dass er plötzlich zur Stelle gewesen war, bevor sein Freund bewusstlos werden konnte. Und ich hatte es nicht bemerkt. Es gefiel mir nicht, wenn ich überlistet wurde. Mein Überleben hing davon ab, dass ich schlauer und gerissener war als alle anderen, mit denen ich zu tun hatte.

Allerdings bot mir Luar wirklich verdammt viel Geld. Und ich mochte Geld. Außerdem war ich noch nie ein Freund vom Aufgeben gewesen.

Ich atmete einmal tief durch. Die Entscheidung war getroffen.

Kurze Zeit später hatte mir der Teenager hinter der Theke der Tankstelle, der gar nicht mehr aufhören konnte, auf meine Titten zu starren, von einem netten, gemütlichen Bed & Breakfast erzählt, das keine fünf Kilometer von hier entfernt war.

Ich beschloss, dass ich mich dort für ein paar Tage einquartieren und mir überlegen würde, was ich als Nächstes tun sollte. Außerdem musste ich Luar sagen, dass es länger dauern würde als erwartet. Auf das Gespräch freute ich mich jetzt schon. Der Typ kotzte mich an.

Ich erreichte das Bed & Breakfast mitten in der Nacht und wartete bis zum frühen Morgen, bevor ich mir ein Zimmer buchte. Ich hatte die restlichen Stunden draußen verbracht, da ich keinen Grund gesehen hatte, die Besitzer zu verunsichern, weil ich mitten in der Nacht auf der Matte stand.

Als ich schließlich in meinem Zimmer auf dem Bett lag, das von einer wirklich hässlichen Tagesdecke mit Blumenmuster bedeckt war, dachte ich darüber nach, was passiert war.

Ich war erwischt worden. Das war mir seit Ewigkeiten nicht mehr passiert. Und ich hatte meinen Job nicht wie geplant erledigt. Das regte mich wirklich auf.

Aber was mich mehr als alles andere ärgerte und, noch schlimmer, sogar verunsicherte, war, dass ich mich von Zane angezogen fühlte. Es war ja nichts falsch daran, dass ich einen gutaussehenden Mann zu schätzen wusste. Und Zane war wirklich heiß. Aber als er sich auf dem Stuhl über mich gebeugt und mir direkt in die Augen gesehen hatte, war ich tatsächlich feucht geworden.

Bei der Erinnerung daran, wie mich seine Körperwärme getroffen hatte, erschauerte ich. Nicht nur, dass Zane gut aussah, nein, er hatte auch noch diese Ausstrahlung, die jede Frau sofort wissen ließ, dass er gefährlich war. Außerdem hatte ich genau gesehen, dass er das Blut auf meinem Hals angesehen und dabei das Messer in der Hand fester umklammert hatte. Da war eine Gier in seinem Blick gewesen, die mich atemlos machte. Ich war mir ziemlich sicher, dass Zane im Bett auf die härtere Gangart stand. Bei dem Gedanken daran zog sich mein Unterleib erneut verlangend zusammen.

Stöhnend schloss ich die Augen.

Ich hasste es wirklich, wenn ein Plan schiefging.

Kapitel 7

Raphael

»Nichts.«

Ich blickte auf und sah Spades an, der sich mit einem wütenden Gesichtsausdruck auf einen der Stühle vor meinem Schreibtisch fallen ließ.

Ich runzelte die Stirn. »Was meinst du mit *nichts*?«

»Mit nichts meine ich: rein gar nichts. Keine Geburtsurkunde, keine Sozialversicherungsnummer, kein Schulabschluss, keine Familie. Weniger als nichts. Nicht einmal ein verdammtes Foto im Internet. Die Frau existiert nicht!«

»Das ist unmöglich. Jeder hinterlässt Spuren. Und wir haben ihre DNA!«, knurrte ich. Seit drei Tagen suchten wir jetzt nach ihr. Ich hatte meine Kontakte spielen lassen und ein paar Drohungen in den Raum geworfen, bis ich schließlich Janes Zimmernummer bekommen hatte. Sie hatte unter dem Namen Jane Smith eingecheckt, und ich war mir ziemlich sicher, dass das nicht ihr richtiger Name war.

Ich hatte sie schon an mein Bett gefesselt gesehen, als die Nachricht aus dem Labor gekommen war, dass DNA-Rückstände auf der Kleidung gefunden worden waren, die Spades in der Wäscherei aufgespürt hatte. Ich war überzeugt gewesen, dass wir sie in weniger als vierundzwanzig Stunden finden würden. Anscheinend hatte ich mich getäuscht.

»Ich weiß. Ich kann es selber nicht glauben.« Spades stand auf und ging zu der kleinen Bar neben der Couch, um sich ein großes

Glas Whiskey einzuschenken. Er trank es in einem Zug aus und füllte nach. Danach setzte er sich wieder und nahm einen kleineren Schluck. »Ich habe sogar meinen Kumpel beim FBI angerufen. Aber auch der konnte nichts finden. Sie ist ein verdammter Geist.«

Ich ballte die Hände zu Fäusten. Seit dem Zwischenfall in meinem Büro hatte ich nicht mehr geschlafen. Seit zweiundsiebzig Stunden dachte ich entweder daran, die Frau ohne Namen umzubringen, sie zu ficken oder beides. Es fehlte nicht mehr viel und ich würde durchdrehen.

Ich musste wissen, wonach genau sie in meinem Büro gesucht hatte und ob sie es aus eigenem Antrieb oder für jemand anderen getan hatte.

In meinem Geschäft kam man nicht so weit, wie ich gekommen war, ohne sich ein paar Feinde zu machen. Und ich würde es gern wissen, wenn aktuell jemand nach meinem Leben trachtete oder versuchte, meine Geschäfte zu sabotieren. Aber dafür musste ich diese verdammte Frau finden!

»Wir müssen sie finden«, brachte ich zwischen zusammengebissenen Zähnen hervor. Normalerweise hatte ich immer alles unter Kontrolle. Und ich konnte wirklich nicht damit umgehen, wenn es, wie jetzt, nicht so war.

»Ich weiß.« Spades leerte sein Glas und stand auf. »Ich such weiter und melde mich, wenn ich was gefunden hab.«

Ich starrte einen Moment lang blind vor mich hin. Dann hatte ich eine Idee. Ich hatte mal Gerüchte gehört, geflüsterte Worte in dunklen Ecken. Es gab jemanden, den man genau für solche Fälle anheuern konnte. Und angeblich hatte diese Person noch nie einen Job versaut. Aber sie war genauso ein Geist wie die Frau, nach der ich suchte.

Seufzend lehnte ich mich auf dem Stuhl zurück. Anscheinend musste ich ein paar alte Freunde kontaktieren und noch mehr Gefallen einfordern.

Aber am Ende, da war ich mir sicher, würde ich die Nummer dieser Person haben. Und kurz danach würde die Frau ohne Namen mir gehören.

Kapitel 8

Alexia

Ich schaltete den Motor meines Bikes ab und zog mir den Helm vom Kopf. Nachdem ich abgestiegen war, versteckte ich es etwas abseits vom Wegesrand, bevor ich losging. Ich war vermutlich mehr als nur ein wenig verrückt, aber ich war auf dem Weg zum Clubhaus.

Mein Plan war noch etwas unausgereift, aber etwas Besseres hatte ich nicht, und ich war mir sicher, dass es nur noch eine Frage der Zeit war, bevor Zane mich fand. Und es war mir wirklich lieber, wenn ich ihn fand.

Meine rote Mähne hatte ich, nachdem ich den Helm abgenommen hatte, zu einem hohen Pferdeschwanz zusammengebunden. Sollte es zu einem Kampf kommen, wollte ich nicht, dass mir meine Haare die Sicht versperrten. Meine grünen Augen verbarg ich hinter einer Sonnenbrille mit verspiegelten Gläsern.

Endlich kam die alte Scheune in Sicht. Im hellen Tageslicht sah sie ehrlicherweise ein wenig schäbig aus. Draußen im Hof standen deutlich weniger Motorräder als in meiner ersten Nacht hier, was ich als gutes Zeichen wertete.

Ich entdeckte ein paar junge Kerle, die umherschlenderten. Vermutlich Anwärter.

Ich lehnte mich gegen einen Baum und verschränkte die Arme vor der Brust. Wie ging ich das jetzt am besten an? Sollte ich einfach anklopfen?

Bevor ich mich allerdings entscheiden konnte, wie ich vorgehen wollte, oder mir Gedanken über die Details meines Plans machen konnte, vibrierte mein Handy in der Jackentasche.

Missmutig zog ich es hervor. Wenn das jetzt Luar war und mir erneut auf die Nerven ging, würde ich ihn umbringen. Ich hatte gestern schon mit dem Gedanken gespielt, als er mir Vorhaltungen gemacht hatte, weil ich mehr Zeit brauchte. Aber eine unbekannte Nummer leuchtete auf meinem Display. Eigentlich wurde ich immer darüber informiert, wenn jemand Neues anrief. Denn das bedeutete, dass ich einen neuen Kunden bekam. Und der wurde mir immer von dem Kunden angekündigt, für den ich bereits gearbeitet hatte. Aber ich hatte keine Vorabinformation erhalten.

Kurz überlegte ich, ob ich den Anruf einfach ignorieren sollte. Aber vielleicht wartete am anderen Ende der Leitung so viel Geld, dass ich den Job hier einfach hinschmeißen konnte. Das würde alles viel einfacher machen. Ich zog mich etwas weiter in die Schatten zurück, bevor ich den Anruf entgegennahm. Aber ich sagte nichts, wartete darauf, dass der Anrufer den ersten Schritt machte.

Nach ein paar Sekunden erklang eine angespannte männliche Stimme. »Hallo?«

Ich ließ beinahe das Handy fallen. *Fuck!* Wieso zum Teufel hatte Raphael Zane meine Nummer? Hatte er herausgefunden, wer ich war? Oder wusste er gar nicht, dass ich es war, die er da gerade anrief?

Meine Nummer war nicht einfach so frei verfügbar. Man musste sich schon ein wenig Mühe geben, um sie zu bekommen. Selbst wenn Zane nicht wusste, wen genau er da gerade angerufen hatte … Wie kam er verdammt noch mal an die Nummer?

Kurz beglückwünschte ich mich zu der Idee, dass mein Handy automatisch meine Stimme verzerrte. Dann antwortete ich.

«Ja?«

Einen Moment herrschte Schweigen. »Spreche ich mit Red Reaper?«

»Das kommt darauf an, wer am anderen Ende der Leitung ist.«

»Raphael Zane. Und ich hätte einen Auftrag für dich.«

Ich schloss die Augen. Ich hatte da so ein Gefühl, dass ich wusste, worum es sich bei diesem Auftrag handelte.

»Dann bist du bei mir richtig.«

»Ich habe es etwas eilig. Können wir uns heute treffen?«

Ich rieb mir mit der freien Hand über die Stirn. Ich dachte darüber nach, wie dieser Anruf in meinen Plan passte und was die beste Vorgehensweise war. Eigentlich hatte ich vorgehabt, auf Zanes Türschwelle zu erscheinen und ihm zu sagen, dass ich die Frau aus seinem Büro war. Dann hätte ich ihm angeboten, ihm meinen Auftraggeber zu bringen. Gleichzeitig wäre ich so wahrscheinlich nahe genug an ihn herangekommen, um die Informationen für Luar zu besorgen. Ich hätte mir von beiden mein Geld abgeholt, hätte Luar abgeliefert und wäre verschwunden. Jetzt müsste ich erst schauen, was Zane von mir wollte und wie ich das für mich nutzen könnte.

Aber eigentlich wusste ich ja schon, was Zane von mir wollte. Ich war mir nur noch nicht sicher, wie ich das für mich nutzen konnte. Außerdem war ich gespannt, ob Zane mich erkennen würde, oder ob meine Verkleidung bei *Zane Industries* ihn hatte täuschen können.

»Die Adresse?«, fragte ich.

Er nannte sie mir, und ich verkniff mir ein Lachen, als ich auf das Haus hinter mir blickte. »Ich bin ganz in der Nähe. Zwanzig Minuten, und ich bin da.«

Ich wartete nicht auf eine Antwort, sondern legte auf. Danach gab ich eine der Nummern ein, die ich auswendig gelernt hatte.

Es dauerte eine Weile, aber dann wurde endlich abgehoben.

»Devil's Corner«, meldete sich eine tiefe Stimme. Im Hintergrund waren Musik und lautes Stimmengemurmel zu hören. Es war mitten am Tag, aber im *Devil's Corner* war immer was los, egal zu welcher Uhrzeit.

»Crush«, knurrte ich.

»Ah, mein Liebling, warte einen Moment.«

Es klickte in der Leitung, und ich tippte ungeduldig mit dem Fuß auf den Boden. Einige Augenblicke später wurde das Gespräch erneut entgegengenommen, diesmal ganz ohne Hintergrundgeräusche.

»Wem oder was verdanke ich die Ehre deines Anrufs?«

»Gerade eben bekomme ich einen sehr unerwünschten Anruf, von jemandem, der meine Nummer ganz bestimmt nicht haben sollte. Und du lebst noch. Also kann es keine Notfallsituation gegeben haben. Bitte erklär mir, wie das passieren konnte.«

Crush war der Besitzer des *Devil's Corner*. Er war jung, gutaussehend, unglaublich nett und hatte ein längeres Vorstrafenregister als jeder Serienmörder. Außerdem war er die Person, die mir immer wieder neue Jobs verschaffte. Ich vertraute ihm zwar nicht, aber er war nützlich.

Crush lachte. »Liebling, du hast mir mal gesagt, dass ich deine Nummer weitergeben soll, wenn ein lukrativer Job winkt.«

Ich knirschte mit den Zähnen.

»Es schien mir ein wirklich lukrativer Job zu sein. Und du hast mir auch gesagt, dass du immer Geld brauchst.«

Das stimmte. Ich konnte nie genug Geld haben. Nur wusste niemand, wofür ich es so dringend brauchte. »Ich bring dich um«, knurrte ich.

»Außerdem …«, setzte Crush an, stoppte dann aber.

Ich seufzte. »Wie viel?«

»Unterstellst du mir gerade, dass ich deine Nummer verkauft habe, Liebling? Unverschämt! Das würde ich …«

»Wie viel, Crush?«

»Ziemlich viel. Und letzte Woche kamen diese Verrückten in meine Bar und haben sie quasi auseinandergenommen. Nachdem ich dann eingeschritten bin, sah es noch schlimmer aus.« Er seufzte extra dramatisch. »Weißt du, wie schwer es ist, Blut von Parkettboden zu entfernen?«

Ja, das wusste ich.

»Das nächste Mal schreib mir wenigstens eine SMS, damit ich mich darauf vorbereiten kann. Das war wirklich scheiße.«

»Muss ich dich erst daran erinnern, dass *du* der Grund für die Schlägerei letzte Woche gewesen bist?«

»Hab schon verstanden, Crush.«

»Also dann, mein Liebling, beweg deinen süßen Arsch und erledige den Job. Ich gehe jetzt nämlich erst mal ein paar neue Möbel kaufen.«

Ich beendete das Gespräch. Danach lief ich zurück zu meiner Maschine. Eigentlich musste ich mich jetzt ja nicht mehr anschleichen. Ich wurde schließlich erwartet. Allerdings war ich auch bei der Party mit meinem Motorrad gekommen, und die Chance, dass Zane das Bike sofort wiedererkennen und mich festsetzen würde, war mir zu hoch. Also ließ ich es stehen und ging zu Fuß.

Es dauerte nicht lange, bis das Clubhaus der *Angels* vor mir aufragte. Ich hatte gerade die Hand heben wollen, um anzuklopfen, als die Tür geöffnet wurde.

Raphael Zane blickte mich an.

Kapitel 9

Raphael

Ich starrte die Frau an, die gerade vor dem Clubhaus angekommen war. Flammend rotes, welliges Haar. Verführerische Kurven, die in einer Lederkluft steckten. Ein Grinsen auf den roten Lippen. Sie war heiß. Wirklich heiß. Und unerwünscht. In wenigen Minuten erwartete ich die Ankunft von Red Reaper.

Kurz fragte ich mich, was sie hier wollte. Sie sah nicht unbedingt wie die typische Bikerschlampe aus. Aber eigentlich war es mir egal, wieso sie hier war. Sie musste verschwinden.

Ich starrte sie an, als sie auf mich zulief. Der Schwung ihrer Hüften lenkte mich für einen Moment ab.

»Du solltest besser verschwinden«, sagte ich, als sie vor mir stehen blieb. Sie trug eine Sonnenbrille, und so konnte ich nur meinen eigenen mürrischen Gesichtsausdruck in den verspiegelten Gläsern erkennen.

»Wirklich? Und ich dachte, du hättest es eilig?«

Ich kniff die Augen zusammen. »Red Reaper?«

»Die einzig Wahre.«

Ich runzelte die Stirn. »Irgendwie hatte ich einen Mann erwartet.«

Die Frau zuckte mit den Schultern. »Das tun die meisten.«

Ich versuchte zu verarbeiten, dass eine eher zierlich wirkende Frau, die verdammt heiß war, auf der illegalen Seite der Gesellschaft als gefährlicher Killer galt, den man anrief, wenn man einen schwierigen Job zu erledigen hatte.

Sie schob sich die Sonnenbrille hoch in die Haare und starrte mich an. »Also?«

Ich machte einen Schritt zur Seite und ließ sie herein. Als sie an mir vorbeiging, betrachtete ich ihr Gesicht aus der Nähe. Zarte Gesichtszüge, volle Lippen und die strahlendsten grünen Augen, die ich je gesehen hatte. Und irgendwie kam sie mir verdammt bekannt vor.

Sie blieb stehen und sah sich um, betrachtete die hohen Wände, die Treppe, die in den ersten Stock führte. Ihr Blick huschte von links nach rechts, und schließlich klickte es bei mir. Sie checkte die Fluchtmöglichkeiten und überlegte, von wo potentielle Angreifer kommen könnten.

Ich ging an ihr vorbei und in mein Büro. Sie folgte mir und schloss die Tür hinter sich. Sie wartete, bis ich mich hinter den Schreibtisch gesetzt hatte. Erst dann ließ sie sich in einen der Besucherstühle sinken und drehte sich so, dass sie auch die Tür im Blick behalten konnte. Natürlich alles ganz unauffällig, aber ich bemerkte es dennoch. Schließlich verhielt ich mich in fremder Umgebung auch so.

»Also, wofür bin ich hier?«

Ich lehnte mich nach hinten und faltete die Hände vor dem Bauch. »Ich suche eine Frau.«

Sie grinste. »Ach ja? Du weißt schon, dass du das weitaus günstiger haben kannst als durch mich, oder? Ich hab gehört, dafür gibt es sogar Apps.«

Ein Muskel zuckte in meiner Wange. »Das ist nicht das, was ich gemeint habe.«

»Sag bloß.« Ihre Mundwinkel zuckten vor unterdrücktem Lachen.

»Sie ist in mein Büro eingebrochen, und jetzt möchte ich mich gerne etwas näher mit ihr unterhalten.«

»Klar doch. Irgendwelche Hinweise, wer diese Frau ist?«

Ich schnappte mir die Akte von meinem Schreibtisch und reichte sie ihr.

Red Reaper blätterte durch die wenigen Seiten, die ich hatte. »Mhm, du hast ihre DNA und kannst sie nicht selber finden?« Sie sah mich an und hob spöttisch eine Augenbraue.

Ich ballte die Hände zu Fäusten. »Sie existiert in keiner Datenbank.«

»Klingt, als wäre diese Frau schlauer als du.«

Ich runzelte die Stirn. Diese Stimme. Diese Tonlage. Sie kam mir so verdammt bekannt vor. Aber irgendwie konnte ich den Finger nicht darauflegen. Eine Frau mit ihrem Aussehen und diesen flammend roten Haaren hätte ich bestimmt nicht vergessen.

»Kannst du sie mir jetzt bringen oder nicht?«

Ihre Mundwinkel zuckten schon wieder. Was zum Teufel war denn so amüsant?

»Das hängt davon ab, ob du zahlen kannst oder nicht.«

Ich öffnete die oberste Schublade meines Schreibtischs und zog zwei dicke Bündel Fünfhunderter heraus, warf sie vor ihr auf die Tischplatte.

Red Reaper griff nach dem Geld und zählte einmal durch. »Das reicht für eine Anzahlung. Das Gleiche noch einmal bei Abschluss des Deals.«

Damit hatte ich bereits gerechnet. »In Ordnung.«

»Gib mir ein paar Tage, und ich melde mich wieder bei dir.«

Ich nickte und beobachtete, wie sich Red Reaper erhob und zur Tür ging. Mein Blick fokussierte sich auf ihren Hintern. Und da klickte es bei mir.

Diesen Knackarsch hatte ich schon einmal gesehen.

Als er aus meinem verdammten Büro geflüchtet war!

Ich sprang vom Stuhl auf und zog meine Waffe. Dieselbe Sig Sauer, die diese Frau vor mir auf ihrer Flucht fallen gelassen hatte.

»Keine Bewegung«, knurrte ich, und sie blieb tatsächlich stehen. »Hände nach oben.«

Langsam nahm sie die Hände hoch, die Akte und das Geld ließ sie dabei fallen. Mit einem leisen Rascheln segelten die Blätter zu Boden.

»Jetzt dreh dich um«, kommandierte ich.

Als sie mich ansah, erkannte ich auch das Grinsen auf ihren roten Lippen wieder. Sie sah völlig anders aus als das erste Mal, dass ich sie gesehen hatte. Haar- und Augenfarbe waren anders, die Kleidung auch, und die Art, wie sie sich bewegte, war ebenfalls anders. Aber ihr Arsch hatte sie verraten.

»Du bist das.«

»Und ich hatte schon gedacht, dass meine Verkleidung gut genug ist, um dich zu täuschen.«

Jetzt erkannte ich auch die Stimme wieder. Obwohl sie auf der Party anders geklungen hatte. Wahrscheinlich hatte das kleine Biest ihre Stimme verstellt. Aber dieses raue Kratzen, das heißen Sex versprach, hatte sie nicht vollständig verbergen können. Wie hatte mir das entgehen können?

Ich entsicherte die Waffe und deutete auf einen Stuhl. »Setzen.« Noch immer grinsend ließ sich die Frau wieder auf ihren Platz sinken und schlug die Beine übereinander. Ich schnappte mir die Handschellen vom Schreibtisch und stellte mich hinter sie.

»Das schon wieder?« Sie klang, als würde sie jeden Moment in Gelächter ausbrechen.

»Hände.«

Ich musste für einen Moment die Waffe wegstecken, als ich ihre Hände an den Stuhl fesselte. Diesmal aber beide. Erst als ich sicher war, dass sie nicht wieder so eine Nummer wie in der Nacht der Party abzog, ging ich um sie herum und sah sie mir genauer an. Mit roten Haaren gefiel sie mir noch besser als mit blonden. Aber das tat hier nichts zur Sache.

Mit vor der Brust verschränkten Armen beobachtete ich sie. Und sie wirkte nicht im Geringsten so, als wäre ihr diese Situation irgendwie unangenehm. Als hätte ich sie nicht gerade an einen Stuhl gefesselt.

»Warum bist du in mein Büro eingebrochen?«

Sie zuckte mit den Schultern. Die Handschellen klimperten. »Vielleicht war ich einfach nur auf der Suche nach einer neuen Herausforderung?«

Ich schnaubte. »Wie lautet dein richtiger Name?«

»Jane.«

Ich biss die Zähne aufeinander. Wenn ich noch mehr Zeit in der Nähe dieser Frau verbrachte, würde ich mir wahrscheinlich ein neues Gebiss kaufen müssen. »Bist du hier, um mich zu töten?«

Sie sah mir direkt in die Augen und lächelte. »Nein.«

Ich konnte nicht genau sagen, woran es lag, aber ich hatte das Gefühl, dass das die erste ehrliche Antwort war, die ich von ihr bekam.

»Du bist Red Reaper.«

Sie nickte.

»Also hat man dich wahrscheinlich dafür bezahlt, dass du hier einbrichst.«

Ihr Gesicht zeigte keinerlei Regung. Ich hätte ihr auch vom Wetter erzählen können.

Ich trat näher an sie heran, stützte die Hände auf den Stuhllehnen ab. Jetzt befanden wir uns in der gleichen Position wie vor ein paar Nächten.

Ihr warmer Atem traf mein Gesicht. Grüne Augen blickten in meine.

»Wer hat dich geschickt?«

»Der Weihnachtsmann. Er hat gesagt, du stehst dieses Jahr auf seiner Liste der wirklich unartigen Jungs.«

Ich grinste. »Dir ist klar, dass ich dich nicht gehen lassen werde, bis ich meine Informationen habe, oder?«

Sie blieb völlig ungerührt. »Ich habe in nächster Zeit nichts Besonderes vor.« Sie grinste. »Ach, und ich mag gerne ein kleines Bonbon auf meinem Kopfkissen.«

Verwirrt runzelte ich die Stirn, und ihr Grinsen wurde breiter.

»Du weißt schon, wo du jetzt mein Hotel bist und so.«

Meine Hände ballten sich zu Fäusten, und ich nahm einen tiefen Atemzug, um mich zu beruhigen. Leider sorgte das nur dafür, dass ich ihren Geruch einatmete. Sie roch nach Jasmin und Vanille. Der weibliche Duft stand in Kontrast zu ihrem harten Auftreten.

Ohne ein weiteres Wort drehte ich mich um und ging zu meinem Schreibtisch. Dort zog ich die unterste Schublade auf und holte die feine silberne Kette heraus. Sie war gut einen Meter lang und würde dafür sorgen, dass *Jane* – ich unterdrückte ein Schnauben bei dem Gedanken an ihren falschen Namen – sich nicht zu weit von mir entfernen konnte.

Als ich mich umdrehte, stand sie vor mir. Ohne Handschellen.

Bevor mein Gehirn verarbeiten konnte, was ich gerade vor mir sah, griff sie mich an. Ihr Fuß traf mein Knie, und ich stieß ein unwilliges Grunzen aus.

»Verdammt, Frau! Jetzt reicht es aber!«

Mein Geduldsfaden war endgültig gerissen. Bevor sie reagieren konnte, hatte ich sie gepackt und hart gegen die nächste Wand geknallt. Die Luft wurde ihr aus den Lungen gepresst, und ich sperrte sie mit meinem Körper zwischen mir und der Wand ein. Mit hartem Griff umfasste ich ihr Kinn und drückte meinen Mund auf ihren.

Absolut nichts an diesem Kuss war sanft. Sie versuchte mich zu beißen, was nur dafür sorgte, dass ich mich noch fester an sie presste. Jetzt konnte sie keinen Muskel mehr rühren. Ich zwang ihre Lippen auseinander und stieß die Zunge in ihren Mund. Als ihr Geschmack und ihr Duft meine Sinne fluteten, sprang mein Schwanz sofort darauf an. Ich war steinhart und rieb mich an ihr.

Als ein leises Stöhnen erklang, brauchte mein vernebelter Verstand ein bisschen, bis er begriff, dass es von Jane kam.

Oder wie ihr verfluchter Name auch immer lautete.

Plötzlich zuckte heißer Schmerz durch meine Lippe, und ich unterbrach den Kuss. Blut rann mir über die Unterlippe.

»Du hast mich gebissen.«

Sie grinste. »Du hast angefangen.«

Mir war vermutlich nicht mehr zu helfen, denn ich erwiderte ihr Grinsen. »Miststück.«

»Arschloch.«

Ich schüttelte den Kopf und schnappte mir eines ihrer Handgelenke, um die Handschelle einschnappen zu lassen.

Sie seufzte. »Schon wieder?«

Ich beachtete sie nicht weiter und legte die Handschelle am anderen Ende der Kette an meinem Handgelenk an.

Jetzt sah sie doch ein wenig beunruhigt aus. »Was wird das hier?«

Ich sah ihr direkt in die Augen und machte einen Schritt zurück. »Ich sorge dafür, dass du mir nicht noch einmal entkommst.«

Sie warf mir einen solch hasserfüllten Blick zu, dass ich leise lachte.

»Willkommen in meiner Welt, Süße.«

Kapitel 10

Alexia

Ich würde ihn umbringen. Wütend starrte ich auf die Kette, die mich an diesen Mistkerl … nun ja, kettete. So hatte ich nicht die geringste Chance zu entkommen. Es sei denn, ich schlug ihm oder mir eine Hand ab. Keine besonders angenehme Vorstellung. Außer natürlich, es wäre seine Hand.

»Und jetzt umdrehen.«

Ich sah ihn fragend an, und er machte eine ungeduldige Handbewegung.

»Ich durchsuche dich jetzt nach Waffen.«

Ich fluchte unterdrückt, drehte mich aber um. Schließlich blieb mir keine andere Wahl. Was hätte ich tun sollen? Spontan in Ohnmacht fallen?

»Handflächen flach an die Wand.«

Ich folgte seinem Befehl und biss dabei unwillig die Zähne zusammen.

Die Kette schränkte seinen Bewegungsradius etwas ein, aber das schien ihn nicht weiter zu stören, als seine Hände über meinen Körper glitten. Anders als bei unserem Kuss zuvor waren sie jetzt beinahe medizinisch effizient.

Der Kuss … Schnell verdrängte ich jeden Gedanken daran. Denn er hatte mir viel zu gut gefallen.

Als Erstes landete meine Beretta auf dem Boden. Meine Messer und der feine Draht, meine letzte Verteidigung, folgten. Als er schließlich auch noch meine Unterarme abtastete und das kleine Werkzeugarmband fand, das ich benutzt hatte, um die Handschellen zu knacken, schwand auch meine letzte Hoffnung, dass ich entkommen konnte.

Offenbar zufrieden trat Zane zurück und pfiff anerkennend. «Nicht schlecht, Süße.«

»Ich bin nicht deine Süße«, schoss ich zurück und drehte mich wieder um.

Er zuckte mit den Schultern. »Solange du mir nicht deinen richtigen Namen verrätst, wirst du wohl mit den Spitznamen, die ich dir gebe, leben müssen.«

Ich ergötzte mich einen Moment an der Vorstellung, ihm meine Faust ins Gesicht zu knallen, bevor ich mich wieder unter Kontrolle brachte. »Und was jetzt?«

»Jetzt gehen wir zu mir.«

Wieso hörte sich das in meinen Ohren furchtbar nach einer Drohung an?

Wir verließen gerade das Clubhaus, als ein Motorrad auf den Hof fuhr und direkt vor uns hielt. Kies und Staub wirbelten hoch. Auf dem schwarzen Tank prangten vier aufgeschlagene Asse. Herz, Pik, Karo, Kreuz.

Ich hatte geflissentlich alle Blicke ignoriert, als wir nach draußen gegangen waren. Nur wenige waren fragend gewesen. Die meisten anwesenden Männer hatten mich wissend angegrinst. Als wäre ich irgendein Sexspielzeug. Am liebsten hätte ich ihnen allen einen Stuhl ins Gesicht geknallt.

Der Motor erstarb, und ich konzentrierte mich auf den Mann, der gerade von seiner wirklich schönen Maschine stieg. Die tiefliegende Harley war glänzend schwarz mit dunkelblauen Akzenten. Und der Typ, der sich gerade mit einer Hand durch die blonden Haare fuhr, war nicht weniger beeindruckend. Auf seinem Handrücken prangten dieselben Asse wie auf dem Tank der Maschine.

Blaue Augen taxierten erst mich, dann die Kette und schließlich Zane. »Mhm, das ist neu. Sonst beschränkst du solche Aktionen doch auf dein Schlafzimmer?«

Zane grinste, und ich verschränkte demonstrativ die Arme vor der Brust.

»Kommt sie dir gar nicht bekannt vor?«

Ich wurde so lange und eingehend betrachtet, dass ich überlegte, wie schwer meine Strafe wohl ausfallen würde, wenn ich Zanes Kumpel jetzt in die Eier trat. Meine Überlegungen wurden allerdings unterbrochen, als Spades einen derben Fluch ausstieß.

»Die Kleine von der Party? Die in dein Büro eingebrochen ist?«

Zane nickte, und Spades fing an zu lachen. »Scheiße. Wie hast du das denn geschafft?«

Ich biss die Zähne aufeinander, um mir nicht anmerken zu lassen, wie sehr mich diese ganze Situation anwiderte. Ich konnte mich nicht daran erinnern, dass ich jemals auf solch kolossale Art und Weise versagt hatte.

»Spades, darf ich vorstellen: Red Reaper alias Jane.« Er sah mich an. »Reaper, das ist Spades.«

Ich schaute den anderen Kerl wütend an. Erst jetzt fiel mir das Abzeichen auf seiner Kutte auf, auf dem *Vicepresident* stand.

»Red Reaper, was?« Er sah mich überrascht an. »Irgendwie hatte ich erwartet, dass du ein Kerl bist.« Er rieb sich über das Kinn, und seine Bartstoppeln erzeugten ein kratzendes Geräusch.

»Dem Nächsten, der das sagt, schneide ich die Eier ab.«

»Kleine, nachdem ich dir dieses kleine Mal hier zu verdanken habe«, er deutete auf die feine rote Linie um seinen Hals, wo ich ihn gewürgt hatte, »würde ich mich nicht mit mir anlegen.«

Ich grinste süßlich. »Nicht meine Schuld, dass du so ein Schwächling bist, *Kleiner*.«

Ich hatte erwartet, dass Spades mir sofort an die Gurgel springen würde, und das wäre meine Ausrede gewesen, um ihm erneut in den Arsch zu treten. Kette hin oder her. Denn Männer konnten es in der Regel gar nicht leiden, wenn man ihr Ego beleidigte. Aber er überraschte mich, indem er den Kopf in den Nacken warf und schallend lachte. Aus den Augenwinkeln heraus sah ich, dass Zane breit grinste, und auch um meine Mundwinkel zuckte es. Allerdings würde ich eher sterben, als zuzugeben, dass die Jungs hier möglicherweise amüsant waren.

»Irgendwie mag ich sie«, meinte Spades, nachdem er sich wieder beruhigt hatte.

Ich blinzelte verwirrt und versuchte, mir meine Überraschung über diesen Satz nicht weiter anmerken zu lassen.

»Hast du vergessen, dass sie bei uns eingestiegen ist, dich niedergestreckt hat und vermutlich dafür bezahlt wurde, uns zumindest auszuspionieren?«

Spades zuckte mit den Schultern. »Na und? Sie ist schlagfertig. Ich mag das.« Er zwinkerte mir zu, und diesmal konnte ich das Grinsen nicht länger unterdrücken.

Zane sah es und zog einmal so heftig an der Kette, dass es mich ein wenig aus dem Gleichgewicht brachte, und ging danach an seinem Kumpel vorbei.

»Ruf mich an, wenn was ist«, rief er noch über die Schulter.

Gemeinsam steuerten wir auf ein tiefschwarzes, glänzendes Bike zu. Über die Seiten des Tanks zogen sich weiß-silberne Flügel.

Als Zane davor stehen blieb, hob ich fragend eine Augenbraue. »Flügel?«

Er sah mich nicht an, als er antwortete: »Du weißt, dass man mich Archangel nennt, oder?«

Ich erinnerte mich an den Augenblick meiner Flucht, als Zanes dunkle Silhouette hinter mir im Türrahmen aufgeragt war. Ja, das wusste ich allerdings.

Er schwang sich auf die Maschine und sah mich auffordernd an. »Steig auf.«

Ich ging kurz meine Möglichkeiten durch. Wenn mir nicht spontan ein scharfer Gegenstand in die Hand fiel, mit dem ich mir das Handgelenk abhacken konnte, hatte ich keine andere Wahl, als seinem Befehl Folge zu leisten.

Der Kies unter meinen Boots knirschte, als ich hinter ihm aufstieg. Sofort sah ich mich mit meinem nächsten Problem konfrontiert, als er die Hände um den Lenker schloss und die Kette mich dazu zwang, mich eng an ihn zu pressen. Dabei ignorierte ich, wie perfekt ich mich an ihn schmiegen konnte.

Unter mir erwachte der Motor brüllend zum Leben, und die Vibration fuhr mir direkt in die Knochen. Während ich noch damit zu kämpfen hatte, dass meine Nippel über Zanes Rücken rieben und sich seine Bauchmuskeln unter meinen Händen anspannten, fuhr er bereits vom Hof.

Es dauerte vermutlich nicht besonders lange, bis wir bei ihm ankamen, aber für mich fühlte es sich an wie Stunden. Ich sprang vom Motorrad, noch bevor Zane den Motor ausgeschaltet hatte.

Sein Zuhause war ein zweistöckiges Holzhaus mit einer kleinen Veranda, auf der sogar ein verdammter Schaukelstuhl stand. Ich hatte vieles erwartet, aber nun wirklich nicht diese gemütlich anmutende Kulisse mit Wald im Hintergrund.

Zane sprach kein Wort, als er in sein Haus ging und mich mit sich zog. In Gedanken sah ich bereits vor mir, wie ich ihn mit dieser verfluchten Kette erwürgen würde.

Es gab keine Hausbesichtigung, aber ich konnte im Erdgeschoss zumindest ein Wohnzimmer mit offener Küche entdecken, bevor ich in den Keller geführt wurde.

Hier unten war es wesentlich kälter als oben. Außer einem schmalen Gang, von dem nur eine einzige Tür abging, und einer nackten Glühbirne, die nur spärliches Licht verbreitete, gab es hier nichts zu sehen.

Ich war mir ziemlich sicher, dass ich wusste, was als Nächstes folgen würde, und ich war darauf vorbereitet. Es war schließlich nicht das erste Mal, dass ich gefoltert wurde.

Zane öffnete die Tür und stieß mich in den Raum. Die Wände waren kahl, der Boden gefliest mit einem kleinen Abfluss in der Mitte, wo sich der Boden absenkte. Nett.

In der Mitte baumelte eine Art Fleischerhaken von der Decke, an dem ein Paar Handschellen baumelte.

Schnell sah ich mich um und schätzte meine Chancen zur Flucht ein. Sie waren nicht besonders hoch.

Trotzdem versuchte ich es. Ich attackierte Zanes Rücken. Aber er schien mit meinem Angriff gerechnet zu haben, denn beinahe mühelos fing er meine Faust ab und drehte mir die Arme schmerzhaft fest auf den Rücken. Ich zischte, biss die Zähne zusammen, als der Schmerz meine Schultern brennen ließ.

Er lockerte seinen Griff, aber nur, um meine Arme wieder nach oben zu führen und mir die Handschellen anzulegen. Ich wehrte mich, versuchte, mich aus seinem Griff zu befreien, aber an reiner Muskelkraft war Zane mir einfach überlegen. Bevor ich es verhindern konnte, hing ich an einem Haken unter der Wand. Ich konnte gerade so mit den Zehenspitzen den Boden berühren und wusste, dass innerhalb kürzester Zeit meine Schultern wie Feuer brennen und meine Hände taub werden würden.

Keine angenehmen Aussichten.

»Du gehörst jetzt mir, Miststück«, flüsterte Zane mir mit dunkler Stimme ins Ohr.

Kapitel 11

Raphael

Ich rieb mir mit einem Handtuch über die nassen Haare, bevor ich in Jeans schlüpfte und ein Messer in eine hintere Hosentasche gleiten ließ. Es war jetzt schon einige Zeit her, dass ich sie im Keller zurückgelassen hatte.

Was mir ein wenig Sorgen bereitete, war, dass ich immer noch nicht wusste, wer sie angeheuert hatte, denn ich bezweifelte, dass sie sich aus eigenem Antrieb bei mir eingeschlichen hatte.

Dann würde ich es eben aus ihr herauskriegen müssen. Es war nicht das erste Mal, dass ich jemandem Schmerzen zufügen würde. Und es würde bestimmt auch nicht das letzte Mal sein. Dass dieser jemand jetzt allerdings auch noch gut aussah und ich sie ficken wollte, machte keinen Unterschied.

Auf leisen Sohlen ging ich in den Keller. Die Kälte hier biss in meine noch vom Duschen aufgewärmte Haut, und innerhalb weniger Augenblicke fror ich. Aber genau darum ging es ja.

Schwungvoll riss ich die Tür auf. Die Frau, die mitten im Raum hing, zuckte nicht einmal zusammen, sondern starrte weiter auf den Boden.

Ich setzte mich in den hölzernen Stuhl in der linken Ecke des Raums und starrte sie an, während sie mich vollkommen ignorierte.

»Wer hat dich angeheuert?«

Keine Reaktion.

»Wie lautet dein richtiger Name?«

Stille.

»Du willst nicht mit mir reden?« Ich wurde noch immer ignoriert. Schulterzuckend stand ich auf und ging auf sie zu.

Ich legte ihr zwei Finger unters Kinn und hob ihr Gesicht an, bis mich ihre grünen Augen wütend anfunkelten. Aus dieser Entfernung konnte ich die feinen Sommersprossen auf ihrer Nase und den Wangenknochen erkennen. Aber ich durfte mich nicht ablenken lassen. Das Wohl des Clubs und das meiner Brüder hing davon ab, dass ich sie zum Reden brachte.

»Wenn du mir nicht antwortest, werde ich dir sehr wehtun.«

Sie lächelte. »Das wird dir nicht weiterhelfen.«

Ich erwiderte ihr Lächeln, ballte die freie Hand zur Faust und schlug ihr mit voller Kraft in den Magen. Sie keuchte, und ihre Pupillen wurden groß vor Schmerz. Allerdings konnte sie sich in ihrer Position nicht zusammenkrümmen.

Ich umfasste ihr Kinn fester, bog ihren Kopf nach hinten, bis ich sicher war, dass es für sie äußerst unangenehm war. Danach zog ich mein Messer aus der Hosentasche und drückte die Klinge an ihre verwundbare Kehle. »Wie lautet dein Name?«

Sie schwieg. Ich fügte ihr einen Schnitt seitlich am Hals zu. Blut rann über ihre helle Haut und befriedigte mich auf eine perverse Art.

»Wer hat dich geschickt?«

Keine Antwort. Ich ließ ihren Kopf los und hörte ihre Wirbel knacken, als sie ihn wieder nach vorn bog.

Lächelnd griff ich nach ihrem T-Shirt und schnitt es vorn durch. Der Stoff klaffte auseinander und enthüllte einen schlichten schwarzen BH, der ihre vollen Brüste bedeckte.

Da ihre Arme bereits jetzt wie die Hölle schmerzen mussten, war ich mir sicher, dass sie nicht ihr gesamtes Gewicht darauflegen würde, um mich treten zu können. Deswegen kniete ich mich hin, legte das Messer beiseite und zog ihr auch noch die Hose aus. Der schwarze Slip passte zum BH, und ich beobachtete zufrieden, wie eine Gänsehaut über ihre Haut kroch.

»Ich habe Zeit. Und es wird hier unten nicht wärmer werden«, sagte ich, als ich aufstand. Das Messer hatte ich wieder aufgehoben.

Sie lächelte mich an, aber ich konnte das leichte Zittern sehen. Ihr war kalt.

Schulterzuckend drehte ich mich um. »Dann wünsche ich eine angenehme Nacht.«

Kurz bevor ich die Tür hinter mir geschlossen hatte, erklang ihre Stimme. »Zane.«

Ich hielt inne und warf einen Blick über die Schulter.

»Ja?«

»Was bietest du mir, wenn ich dir den Namen meines Auftraggebers liefere?«

Grinsend drehte ich mich um und ging wieder auf sie zu. Ihr Blick glitt über mich. Von dem *Ride-Fast*-Tattoo auf meinen Fingern über die Tribal auf meinen Armen, die alten Stammessymbolen ähnelten und sich bis auf meine Brustmuskeln erstreckten. Sie betrachtete die Flammen, die sich von meiner linken Hüfte bis hoch auf meinen Rippenbogen erstreckten, und den Totenkopf oberhalb des Tribals auf meinem rechten Nackenmuskel.

»Es gibt also einen Auftraggeber.«

Sie nickte.

»Gib mir den Namen, und ich lasse dich gehen.«

Sie lachte, und es war ein überraschend sanfter, femininer Laut. Nicht dass ich sie bis jetzt nicht als Frau wahrgenommen hatte, aber sie war einfach so unglaublich taff.

»Für wie blöd hältst du mich eigentlich?«

Stimmt. Ich würde sie nicht gehen lassen. »Ich werde dich nicht töten. Wie wäre es damit?«

»Ich habe keine Angst vor dem Tod.« Ihre Stimme klang dabei so sachlich, als würde sie über das Wetter sprechen.

Ich runzelte die Stirn. Selbst ich fürchtete mich ein wenig vor dem Tod. Wer wusste schon, was einen auf der anderen Seite erwartete?

Aber diese Frau? Sie schien wirklich keine Angst zu haben, und das beunruhigte mich. Meiner Meinung nach hatten nur Psychopathen keine Angst vor dem Tod.

»Was willst du dann für deine Information?«, fragte ich, wiegte sie in Sicherheit.

»Geld. Viel Geld. Die erste Hälfte, wenn wir uns einig sind. Die zweite, wenn ich den Deal ausgeführt habe. Dafür lasse ich meinen ursprünglichen Auftraggeber ins Messer laufen, und du lässt mich gehen.«

»Keine Loyalität?« Ich hasste das. Mein Leben, alles, wofür ich stand, beruhte auf dem Wissen, dass ich mich auf meine Brüder aus dem MC verlassen konnte. Egal was passierte.

»Ich bin immer dem gegenüber loyal, der mir am meisten zahlen kann.«

Ich verzog abfällig den Mund. »Keine besonders schätzenswerte Eigenschaft.«

Sie grinste mich an. »Sie gereicht dir doch gerade zum Vorteil, oder etwa nicht?«

Dagegen konnte ich allerdings nichts sagen. Doch ich durfte keine Schwäche zeigen. Niemals. Meine Position und mein Leben hingen davon ab, dass alle Welt glaubte, mit mir könnte man keine Spielchen treiben. Niemand legte sich mit einem Erzengel an. Auch nicht der rote Tod.

Ich beugte mich ganz nah zu ihr heran, legte den Mund an ihr Ohr. »Glaubst du wirklich, dass ich mich auf einen dämlichen Deal einlassen würde?«

Damit machte ich einen Schritt zurück, holte aus und schlug ihr mit der Faust ins Gesicht. Ihr Kopf flog zurück, die Handschellen rasselten. Ich sah, wie sie die Zähne aufeinanderbiss, um die Schmerzenslaute zurückzuhalten. Als sie mich wieder ansah, war ihre Unterlippe aufgeplatzt und Blut rann über ihre Haut. Schon bald würde sich ein blauer Fleck auf ihrer Wange bilden. Ihre grünen Augen glühten geradezu vor Hass.

»Bastard«, zischte sie.

Knurrend griff ich nach ihrem Kinn und presste den Mund auf ihren. Ich zwang meine Zunge zwischen ihre Lippen und eroberte ihren Mund. Genau wie beim ersten Mal war auch dieser Kuss eher ein Kampf als sinnliches Zusammenspiel. Ich schmeckte Blut. Mit einer Hand hielt ich ihren Kopf fest. Ihr zarter Duft nach Jasmin und Vanille flutete meine Sinne, sorgte dafür, dass ich ihren schmalen Körper an meinen presste.

Jetzt drückte jede ihrer verführerischen Kurven gegen meine Muskeln, und ich konnte meine beginnende Erektion an ihr reiben. Sie wehrte sich gegen mich. Oder versuchte es zumindest. Aber ich war eindeutig im Vorteil und nutzte es schamlos aus.

Mit der Zunge glitt ich über ihre Unterlippe und biss in die Wunde. Ihr schmerzhaftes Keuchen ließ meinen Schwanz zucken. Ich passte den Rhythmus des Kusses an das Reiben meines Unterleibs an. Ihr Körper war unnachgiebig, und sie versuchte konstant, sich aus meinen Armen zu befreien.

Gott, diese Frau schmeckte einfach fantastisch. Ich biss sie erneut unsanft in die Unterlippe, genau in die Stelle, die durch meinen Schlag aufgeplatzt war, bevor ich mich zurückzog. Ihre Augen funkelten mich wütend an, als sie einmal über ihre geschwollenen Lippen leckte, sich das frische Blut ableckte.

»Du bist meiner Gnade ausgeliefert. Vergiss das nicht.«

Kapitel 12

Raphael

Ich saß neben Spades im Wohnzimmer auf der Couch. Er rieb sich müde mit einer Hand über das Gesicht und hing mit der anderen an der Kaffeetasse, als würde sein Leben davon abhängen.

»Scheiße, Alter. Warum zum Teufel muss ich um die Uhrzeit schon deine Visage ertragen?« Er nahm einen Schluck von dem Kaffee. »Ich war noch nicht mal im Bett.«

Ich schnaubte. »Ist das etwa mein Problem?«

Spades zeigte mir den Mittelfinger, und ich lachte.

»Wo ist überhaupt die Kleine von gestern Abend?«, fragte er.

Automatisch sah ich in Richtung der Treppe, die ins Untergeschoss führte. Aber natürlich konnte ich sie von hier aus nicht sehen. »Im Keller.«

»Nicht in deinem Bett?« Er grinste mich an.

»Sie ist in mein Büro eingebrochen, und irgendjemand hat sie zu uns geschickt.«

Spades zuckte mit den Schultern. »Na und?«

Ich schüttelte den Kopf. »Kannst du mal eine Sekunde lang ernst bleiben?«

Spades trank noch einen großen Schluck Kaffee und schlug sich mit der Handfläche auf die Wangen. »Okay, schieß los.«

»Jane, oder wie auch immer ihr richtiger Name lautet, hat mir einen Deal angeboten.«

Fragend hob er die Augenbrauen.

»Sie will mir den Namen ihres Auftraggebers geben. Und dafür will sie Geld und dass ich sie am Ende gehen lasse.«

»Sie will, dass du sie gehen lässt, obwohl sie bei uns rumgeschnüffelt hat?«

Ich nickte.

»Die Kleine ist verrückt.«

»Stimmt. Deswegen habe ich sie im Keller angekettet, ausgezogen und geschlagen.«

Ein eiskalter, berechnender Ausdruck trat in seine Augen. »Gefällt mir. Wir holen die Infos aus ihr raus, und danach töten wir sie.«

Ich schüttelte den Kopf. »Nein, das ist keine Option.«

»Wieso nicht?«

Tja, das war eine gute Frage, oder? Normalerweise wäre das nämlich genau das, was ich in so einer Situation tun würde. Sie hatte sich auf meinem Territorium herumgetrieben, war gekommen, um mich und meine Brüder auszuspionieren.

»Sie ist *der* Red Reaper. Mir gefällt der Gedanke, dass sie uns einen Gefallen schuldet, weil wir sie am Leben gelassen haben. Außerdem, weißt du, wer ihre Freunde sind? Ich habe keine Lust, dass uns ihre Leiche in Schwierigkeiten bringt. Es gibt schon genug Leute, die mich tot sehen wollen.«

Spades grinste. »Stimmt.«

»Lassen wir ihren Tod erst einmal außen vor. Was denkst du?«

Er lehnte sich zurück und ließ den Kopf auf die Rückenlehne des Sofas gleiten. »Ich hasse es.«

»Was? Das Angebot?«

»Dass es noch nicht einmal zehn Uhr ist und ich schon mein Gehirn anstrengen muss.«

»Da es den Rest der Zeit im Energiesparmodus verbringt, solltest du mir eher dankbar sein. Sonst kommst du noch aus der Übung.«

»Fick dich.«

Ich lachte und stand auf, um uns aus der angrenzenden Küche neuen Kaffee zu holen. Als ich zurückkam, sah Spades mich ernst an.

»Es ist ein Scheißdeal. Sie schuldet uns was, weil wir sie nicht umbringen, und nicht anders herum.«

Ich seufzte und reichte ihm die Kaffeetasse, bevor ich mich wieder setzte.

»Du solltest sie foltern.«

»Foltern?«

Er nickte. »Wäre nicht das erste Mal. Sieh, was sie aushalten kann. Und wenn sie dann nicht einknickt, können wir immer noch auf ihren Deal eingehen.«

Ich ließ mir den Gedanken durch den Kopf gehen. »Ihr Preis wird danach vermutlich um einiges höher sein. Allerdings ist er das jetzt vermutlich auch schon. Schließlich hängt sie nackt in meinem kalten Keller.«

Spades lachte. »Du bist ein fieses Arschloch.«

Ich zuckte mit den Schultern. »Sie wollte meine Fragen nicht beantworten.«

»Außerdem können wir uns einen höheren Preis leisten. Mach da weiter, wo du aufgehört hast.«

»Gut. Achtundvierzig Stunden. Wenn sie dann nicht redet, nehmen wir den Deal an.«

»Ich schulde ihr immer noch was für das kleine Geschenk an meinem Hals«, meinte Spades.

»Krieg dich wieder ein.«

»Wir unterhalten uns noch mal, wenn sie dir den Arsch versohlt hat.«

Ich lachte. Es wird wohl eher anders herum sein.

»Schaff *deinen* Arsch hier raus«, kommentierte ich beim Aufstehen.

»Was? Erst beorderst du mich in aller Herrgottsfrühe hierher, und dann schickst du mich einfach wieder weg? Du hättest mir zumindest Frühstück anbieten können.«

Ich ging in Richtung Treppe, drehte mich aber noch einmal zu ihm um. »Und sag allen Bescheid. Sie sollen wachsam bleiben. Ich habe das Gefühl, dass hier noch mehr kommt.«

Ich öffnete die Tür zum Keller und blickte die Frau an. Als sie mich sah, rollte sie mit den Augen.

»Was? Kein Frühstück? Der Service in deinem Hotel lässt wirklich zu wünschen übrig. Ich warte übrigens auch noch auf mein Bonbon auf dem Kopfkissen.«

Ich grinste. »Was willst du denn zum Frühstück?«

»Pancakes und Speck.«

»Ich merk es mir fürs nächste Mal.« Ich ging zu ihr hinüber.

»Also, hast du über mein Angebot nachgedacht?«, fragte sie.

Ich nickte, zog mein Messer aus der Tasche und schnitt in die Innenseite ihres Oberarms. Nicht zu tief. Ich wollte ihre schöne Haut schließlich nicht mit Narben verunstalten. Blut quoll hervor, passte wunderbar zu den bereits getrockneten Spuren auf ihrem Hals und der Unterlippe.

»Ich nehme keinen Deal von einer Gefangenen an«, teilte ich ihr mit.

Ihr Gesichtsausdruck teilte mir mit, dass sie wünschte, ich würde in diesem Augenblick einfach tot umfallen. Diesen Gefallen konnte ich ihr allerdings nicht tun.

»Stattdessen wirst du mir jetzt einfach verraten, wer dich geschickt hat.«

Inzwischen war es mir relativ egal, wie sie wirklich hieß. Aber ihr Auftraggeber war mir ganz und gar nicht egal.

»Du kannst mich mal, Zane!« Ihre Stimme bebte vor Wut, und ich gestattete mir ein kleines Lächeln.

»Wie du willst.«

Ich hob die freie Hand, legte sie um ihren Hals und drückte zu. Langsam erhöhte ich den Druck, bis ich ihr die Luftzufuhr abgeschnitten hatte. Zunächst blieb sie überraschend ruhig. In ihrem Job war sie wahrscheinlich nicht das erste Mal in einer solchen Situation. Allerdings wurde sie das erste Mal von mir … bearbeitet.

Die Sekunden tickten vorbei, und schließlich wurde sie unruhig. Ihre Füße tänzelten über den Boden, ihre Pupillen wurden groß. Sie begann, sich heftiger gegen mich zu wehren, versuchte verzweifelt, meinen Griff zu lockern, damit wieder Luft in ihre Lungen strömen konnte.

Aber ich hielt den Druck weiter aufrecht, genoss das Gefühl ihres rasenden Pulses unter meiner Handfläche. Red Reaper starrte mich an. Aber anstatt Angst in ihren Augen zu sehen, war da nur Zorn. Vielleicht hatte sie ja wirklich keine Angst vor dem Tod.

Ihre Gegenwehr wurde allerdings schwächer. In ihrem linken Auge war eine Ader geplatzt. Ihre Lider flatterten.

Ich ließ los.

Ein langer, keuchender Atemzug füllte ihre Lungen, brachte den dringend benötigten Sauerstoff. Ich wartete, während sie hustete und sich ihre Brust in schneller Abfolge hob und senkte. Es dauerte einen Moment, bis sie mich wieder ansehen konnte.

»Du verfluchtes Arschloch«, keuchte sie, und ihre Stimme klang noch kratziger als vorher.

Ich zuckte mit den Schultern. »Ich wollte nur eine Antwort von dir. Nicht meine Schuld, dass du so störrisch bist. Und jetzt noch einmal: Wer hat dich geschickt?«

»Der Weihnachtsmann.«

Ich schlug ihr mit der flachen Hand ins Gesicht, genau dorthin, wo mein Schlag von gestern sichtbare Spuren hinterlassen hatte. Ihr Gesicht flog zur Seite, und kurz danach spuckte sie mir Blut vor die Füße. Ich durchtrennte vorn ihren BH, sodass die Körbchen auseinanderfielen und mir ihre Brüste präsentierten. Beinahe sofort zogen sich die Nippel wegen der Kälte zusammen. Der Anblick hatte etwas für sich.

Ich ließ das Messer zurück in die Hosentasche gleiten und trat auf sie zu. Meine Hände umfingen ihre vollen Brüste, ihre Nippel drückten gegen meine Handflächen.

»Wer. Hat. Dich. Geschickt?«, knurrte ich.

Sie schwieg, und ich drückte zu, benutzte den gleichen Druck wie vorher an ihrem Hals. Sie hatte Schmerzen, das konnte ich in ihren Augen lesen. Ich quetschte das zarte Fleisch fester zwischen meinen Händen. Ihre Lippen öffneten sich, ihre Atmung blieb ruhig. Wahrscheinlich konzentrierte sie sich darauf anstatt auf den Schmerz.

Unvermittelt beugte ich mich vor und biss sie direkt oberhalb der Schwellung ihrer Titten. Sie stöhnte unterdrückt, aber ich ließ erst los, als ich Blut schmeckte. Ich trat zurück und betrachtete ihre Haut. Man konnte eindeutig Abdrückte meiner Hände erkennen. Jetzt rot, später vermutlich eher blau-lila. Feine Blutstropfen thronten auf meiner Bissspur.

Aber noch immer sagte sie kein Wort. Starrte mich einfach stoisch an. Als hätte sie in diesem Moment nicht unglaubliche Schmerzen.

»Was machen die Arme?«, fragte ich.

Sie grinste mich an. »Sind taub.«

»Du könntest es so einfach haben, Süße.« Ich legte die Hände auf ihre Hüften, strich langsam über ihre Rippen nach oben, bis meine Daumen die Unterseite ihrer Brüste berührten. Ihre Haut war ganz weich, und ich konnte nicht leugnen, dass ich es genoss, sie anzufassen. »Sei nett zu mir, dann bin ich auch nett zu dir.«

»Und was verstehst du unter nett? Soll ich deinen Schwanz lutschen?«

Ich grinste. »Keine schlechte Idee. Allerdings befürchte ich, dass du ihn mir im Moment eher abbeißen möchtest. Also verzichte ich.« Ich trat so nah an sie heran, dass ihre Brüste meinen Oberkörper streiften. »Für den Moment.«

»Ohne irgendeine Gegenleistung werde ich dir nicht verraten, wer mich geschickt hat.«

Ich ließ die Hände wieder nach unten gleiten, umfasste ihre Hüften und hob sie hoch, legte ihre Beine um mich, sodass ich ihren Hintern umfassen konnte. Jetzt trug ich ihr Gewicht, und sie seufzte leise, als ihre Arme zum ersten Mal nach über zwölf Stunden entlastet wurden.

»Oben wartet ein gemütliches Gästezimmer auf dich. Sag mir, wer es war, und du kannst dahin umziehen«, flüsterte ich und drückte den Mund auf die unverletzte Seite ihres Halses.

Jetzt, da sie mir so nahe war, konnte ich nicht widerstehen und musste sie berühren, meine Lippen über ihre samtene Haut gleiten lassen. Ihr eigener Duft vermischte sich mit dem Geruch nach frischem Blut. Ihre Nippel drückten sich durch den Stoff meines T-Shirts an meine Brust.

Ich umfasste ihren Arsch fester und drückte sie gegen meine Erektion, biss sie fest in den Hals und genoss ihr leises Keuchen.

»Wie ich schon sagte, sei nett zu mir, und ich bin nett zu dir.«

Kapitel 13

Alexia

Ich war mir nicht sicher, was ich von dieser ganzen Geschichte halten sollte. Das Einzige, was ich mit Sicherheit wusste, war, dass mein schöner, einfacher Plan gründlich schiefgegangen war.

Statt gemütlich in meinem Hotelzimmer zu sitzen und die gestohlenen Unterlagen durchzugehen, hing ich gefesselt in Zanes Keller.

Meine Arme waren ein einziges schmerzhaftes Pochen, besonders jetzt, da mein Gewicht von ihnen genommen worden war und wieder mehr Blut hindurchfloss. Meine Fingerspitzen kribbelten unangenehm. Meine Haut prickelte, wo er mich geschnitten hatte. Aber ich wusste, dass ich noch glimpflich davongekommen war. Aus irgendeinem Grund hielt er sich zurück. Andere Männer hätten in einer vergleichbaren Situation längst die Gartenschere rausgeholt, um mir die ersten Finger oder ein paar Zehen abzuschneiden. Zane schien zwar Gefallen an Blut zu finden, aber er war offenbar kein Sadist.

Ich starrte ihn an und ließ ihn meinen Unmut deutlich merken. Ich war wirklich nicht glücklich mit dieser Situation.

»Nett ist nicht meine Stärke«, gab ich zurück und versuchte dabei zu ignorieren, wie gut sich Zanes Mund auf meiner Haut anfühlte.

»Ist mir aufgefallen.«

Ich schloss die Augen und ließ mir die Situation durch den Kopf gehen. Aber egal, wie ich es auch drehte und wendete, ich konnte nicht einfach Luars Namen nennen und dann aufs Beste hoffen.

Selbst wenn Zane Wort halten sollte und mich in seinem Gästezimmer einquartieren würde – was dann? Wer versicherte mir, dass er mich am Ende nicht doch töten würde? Oder mich einfach nicht mehr gehen ließ?

Außerdem hatte ich so gar nichts von der Situation. Ich bekam immer noch meine zweite Rate von Luar, und die würde ich bestimmt nicht kriegen, wenn Zane ihn vorher umbrachte. Und ich konnte hier niemandem vertrauen. Sie würden mich gnadenlos ausnutzen.

Aber solange ich den Namen meines Auftraggebers für mich behielt, war ich noch wertvoll. So lange wollten sie noch etwas von mir und konnten mich nicht einfach töten.

Ich seufzte. Also musste ich diese Situation noch ein Weilchen länger über mich ergehen lassen und hoffen, dass Zane vor mir einknicken würde. Er musste die Taktik wechseln, wenn er mitbekam, dass er so keine Informationen aus mir herausbekam. Das war meine einzige Option.

Ich lehnte mich so weit es ging zurück und starrte direkt in seine dunklen Augen. »Fick dich, Zane.«

»Wie du willst.« Seine Stimme ließ seinen Brustkorb an meinem vibrieren. Seine stattliche Erektion drückte sich gegen meinen Slip. Da er mir den Großteil meiner Kleidung vom Körper geschnitten hatte, war ich ihm auch in dieser Hinsicht hilflos ausgeliefert. Allerdings konnte ich nicht leugnen, dass seine Körperwärme eine willkommene Abwechslung war.

Seine Hand schloss sich um meine Kehle. Ein Schauer rieselte mir über den Rücken. Der Ausdruck in seinem Gesicht teilte mir eindeutig mit, was er als Nächstes vorhatte. Dazu noch seine pochende Erektion, die sich an meine intimste Stelle presste, und ich hatte nicht den geringsten Zweifel, dass Zane mich gleich ficken würde. Ich hätte angewidert sein sollen; ich hätte versuchen müssen, ihn davon abzubringen und mich zu wehren. Aber ich tat nichts davon. Stattdessen sah ich ihn nur weiter an.

Denn die Anziehung, die zwischen uns beiden bestand, war noch immer da. Dunkel. Zerstörerisch. Verzehrend. Meinen Körper interessierte es nicht, dass er mich gefesselt und geschlagen hatte. Das hier würde keine Vergewaltigung werden. Ich wusste, wie sich das anfühlte. Das hier würde dreckiger, perverser Sex werden. Und das Pochen meiner Klit signalisierte mir, dass ich es kaum noch erwarten konnte.

Im nächsten Moment war sein Mund auf meinem. Seine Zunge duellierte sich mit meiner, und die Erregung vertrieb endlich die elende Kälte aus meinen Gliedern. Er biss mir in die Unterlippe, bevor er sich zurückzog.

Schon schob er eine Hand zwischen unsere Körper, öffnete die Jeans und holte seinen Schwanz raus. Im nächsten Moment ließ Zane mich ohne Vorwarnung wieder fallen. Ich ächzte, als meine Arme plötzlich belastet wurden. Schmerz ließ meine Schultergelenke brennen. Aber Zane beachtete mich gar nicht, sondern holte ein Kondom aus seiner Tasche und streifte es sich über. Anscheinend hatte der Bastard genau gewusst, was er vorhatte.

Schon fühlte ich seine Hände wieder auf meinem Körper, und er hob mich wieder hoch. Obwohl ich ihn in diesem Moment wirklich hasste, legte ich die Beine um ihn. Er schob meinen Slip beiseite und positionierte sich an meinem Eingang.

Sein dunkler Blick suchte meinen. Mit den Fingern glitt er einmal durch meine feuchten Falten, und ein breites Grinsen schlich sich auf seine leider viel zu verführerischen Lippen.

»Scheint dir hier ja doch besser zu gefallen, als ich gedacht habe.«

Ich presste die Lippen zusammen und schwieg. Aber Zane schien sich nicht daran zu stören, denn im nächsten Moment drang er mit einem harten Stoß tief in mich ein. Mir wurde förmlich die Luft aus den Lungen gepresst. *Wow*. Er war wirklich gut bestückt.

Der Rhythmus war hart und unnachgiebig. Zane benutzte meinen Körper für sein eigenes Vergnügen, und ich konnte nichts weiter tun, als es über mich ergehen zu lassen. Allerdings konnte ich mich darüber nicht wirklich beschweren.

Stattdessen legte ich den Kopf in den Nacken, bot mich ihm dar und passte mich seinem Rhythmus an.

Vergessen waren der Keller und die Kälte. Ich konnte mich nur noch auf die Hitze zwischen meinen Beinen konzentrieren und wie gut sich Zanes Schwanz in mir anfühlte.

Seine Finger gruben sich schmerzhaft fest in meine Pobacken. Ich keuchte, als er leicht den Winkel veränderte und eine besonders empfindsame Stelle in mir traf.

Zane beugte sich zu mir. Der Stoff seines Shirts rieb über meine Brüste. Sein Mund war auf meinem Hals, direkt über der Wunde, die er mir erst gestern zugefügt hatte. Er biss mich. Ich zischte, als die Wunde erneut aufging. Zanes Zunge strich über meine Haut, und als er mich im nächsten Moment küsste, konnte ich mein eigenes Blut schmecken.

Spätestens jetzt sollte ich wirklich angewidert sein. Stattdessen stöhnte ich in seinen Mund und spürte bereits das Kribbeln eines nahenden Höhepunkts.

Zane schien es ähnlich zu gehen, denn sein Rhythmus wurde härter, drängender. Der Keller war erfüllt von unseren hektischen Atemzügen und dem Geräusch von Fleisch, das auf Fleisch traf.

Plötzlich spürte ich eine Hand zwischen unseren Körpern, und im nächsten Moment kniff Zane in meine Klit. Hart. Ohne Vorwarnung explodierte der Orgasmus in mir. Stöhnend warf ich den Kopf in den Nacken, als die Wellen der Erregung über mich hinwegrollten.

Zanes dunkles Knurren nahm ich nur wie aus weiter Entfernung wahr.

Schon löste er sich von mir. Hitze wurde durch Kälte ersetzt. Zane verstaute seinen Schwanz wieder in der Hose, drehte sich um und ging.

Ich blieb allein in dem kalten, dunklen Keller zurück, während sein Sperma an meinem Oberschenkel hinunterlief.

Kapitel 14

Raphael

Das Messer glitt erneut über ihre glatte Haut, teilte das Fleisch, bis rotes Blut zum Vorschein kam. Ich beobachtete zufrieden, wie die Flüssigkeit an ihrer Hüfte hinabrann.

Red Reaper hüllte sich noch immer in eisernes Schweigen, und langsam waren die achtundvierzig Stunden vorbei.

Nachdem ich sie am Tag zuvor gefickt hatte, hatte ich ihr am Abend ein leichtes Beruhigungsmittel gespritzt. Es hatte sie nur so weit lahmgelegt, dass sie zu schwach war, um mich anzugreifen. Danach hatte ich sie ins Bad gebracht, damit sie sich dort erleichtern konnte, ihr etwas zu trinken gegeben und sie für eine weitere Nacht in den Keller gesperrt.

Heute Morgen hatte ich sie erneut besucht. Sie erneut geschlagen. Sie hatte geschwiegen.

Jetzt war es wieder Abend, und mir blieb nur noch eine Nacht. Am Morgen war meine Frist abgelaufen. Es widerstrebte mir, die schweren Foltergeschütze rauszuholen, um an die Infos zu kommen. Aber ich hätte es getan, wenn ich geglaubt hätte, damit Erfolg zu haben und den Club damit zu schützen. Ich bekam jedoch langsam das Gefühl, dass sich diese Frau nicht brechen lassen würde. Sehr zu meinem Missfallen.

Und wenn ich die Infos nicht mit Gewalt aus ihr herausbekommen würde, dann müsste ich auf den Deal eingehen, und das gefiel mir nicht.

Ich ließ den Blick über ihren inzwischen fast nackten Körper gleiten. Nachdem ich sie ruhiggestellt hatte, hatte ich ihr die Überreste ihrer Oberteile und die Lederjacke ausgezogen. Jetzt trug sie nur noch ihren Slip.

Ich betrachtete das tätowierte Spitzenstrumpfband auf ihrem linken Oberschenkel und den Phönix, der sich vom rechten Knöchel bis hoch zur Hüfte zog. Wirklich schön gemachte Kunstwerke.

»Zane.«

Ich hob den Blick und sah sie an. Ihre Lippen hatten inzwischen einen leicht bläulichen Farbton, und sie konnte das Zittern nicht länger unterdrücken.

»Ich werde nicht nachgeben. Das ist dir klar, oder?«

Ich unterdrückte ein wütendes Knurren. »Du wirst tun, was ich dir sage.«

Sie besaß die Dreistigkeit zu grinsen. »Werde ich nicht.«

Ich drehte mich um und ging zu dem Stuhl, um das Werkzeug zu holen, das ich dort platziert hatte, als ich zurückgekommen war.

Das Leder der arabischen Bullenpeitsche fühlte sich kalt in meiner Handfläche an. Ich wickelte das lange Band um meine Hand, hielt den Griff in der anderen. Das Ende bestand aus einer weichen Pinselspitze, die zum Liebkosen verwendet werden konnte. Aber das hatte ich heute nicht vor. Heute wollte ich bestrafen.

Als ich mich wieder umdrehte, war ihre einzige Reaktion ein dezentes Weiten ihrer Augen. Sie sah von der Peitsche zu mir und zurück. Ich bemerkte die Gänsehaut, die über ihre Haut kroch, und lächelte.

»Wer hat dich geschickt?«, fragte ich mit trügerisch sanfter Stimme.

Sie presste die Lippen zusammen, und ich lächelte noch breiter. Na gut.

Ich trat hinter sie, und ohne auch nur einen einzigen Moment zu zögern, schwang ich die Peitsche. Ein leichtes Surren erfüllte die Luft, bevor ein Knall ertönte, als das Leder auf ihre Haut traf. Red Reaper zuckte in ihren Fesseln, und ich beobachtete zufrieden, wie ein dünner roter Streifen auf ihrem Rücken erblühte.

Die ersten paar Schläge hielt ich mich zurück, sorgte lediglich dafür, dass die Blutzirkulation erhöht wurde, ihre Nerven sensibilisiert wurden.

Bei jedem Schlag zuckte sie leicht, eine weitaus dezentere Reaktion als andere vor ihr. Erst als ihr Rücken von einigen wunderschönen roten Linien überzogen war, hielt ich inne. Ihr angestrengtes Atmen ließ meinen Schwanz zucken, Erregung machte es mir schwer, mich auf meine Aufgabe zu konzentrieren. Und ich erwischte mich bei dem Gedanken, dass ich sie zu unser beider Vergnügen bestrafen wollte. Nicht, um ihr Informationen zu entlocken.

Mein nächster Hieb förderte Blut zu Tage. Kleine, glänzende Tropfen, die aus feinen Linien entlang meines Schlages quollen.

Sie ballte die Hände zu Fäusten. Ihr Kopf fiel nach vorn. Ich holte erneut aus.

Der nächste Schlag ließ ihren Körper nach vorn zucken, als hätte sie in ein offenes Stromkabel gegriffen.

Ein weiterer Hieb. Dann noch einer. Erst als ich außer Atem war und meine Erektion schmerzhaft fest gegen die Hose drückte, ließ ich die Peitsche fallen. Sie landete mit einem dumpfen Laut auf dem gefliesten Boden. Red Reaper atmete bei dem Geräusch erleichtert aus.

Ich nahm mir selbst einen Moment, um mich wieder unter Kontrolle zu bringen. Die Anziehung, die ich gegenüber dieser Frau empfand, konnte nicht gesund sein. Denn ich hasste sie.

Aber ich wollte sie. Da waren keine zarten Gefühle involviert. Nur Dunkelheit und Lust und eine Begierde, die in Schmerzen enden musste.

Als ich sicher war, dass ich nicht sofort über sie herfallen würde, trat ich wieder in ihr Sichtfeld. Aber als sie den Blick hob und ich Tränen in ihren Augen glitzern sah, verlor ich beinahe die Beherrschung.

Wir lieferten uns ein stilles Blickduell, versuchten herauszufinden, wer von uns beiden der Stärkere war. Und ich wusste nicht, wer überraschter war, als ich schließlich den Blick abwandte und den Keller verließ.

Kapitel 15

Alexia

Mein Körper brannte.

Es gab keine bessere Beschreibung für das, was ich im Moment empfand. Es brannte. Tat weh.

Erst als Zane mich allein gelassen hatte, hatte ich den Tränen freien Lauf gelassen. Ich hatte die Augen geschlossen und leise geweint. Nicht wegen der schlimmen Schmerzen. Nein, ich hatte schon Schlimmeres erlebt. Viel schlimmer. Aber ich hatte geweint, weil die Empfindungen zu viel gewesen waren. Der Schmerz. Die Lust. Die Qual von unerfüllter Begierde.

Denn Zanes Behandlung hatte mich erregt. Meine Klit hatte unaufhörlich pulsiert, und auch ohne dass ich mich hätte berühren können, hatte ich gespürt, dass mein Slip nass gewesen war. Am Ende war ich vielleicht doch so pervers, wie *er* mir immer ins Ohr geflüstert hatte. *Dreckige, perverse Schlampe.*

Ich verdrängte diesen Gedanken, als die Tür geöffnet wurde und Zane in mein Blickfeld trat. Er trug ausgewaschene Jeans, schwere Bikerstiefel und seine Kutte. Der Präsidenten-Aufnäher direkt auf Höhe seines Herzens. Und ich wünschte mir, dass ich ein Messer gehabt hätte, um es ihm direkt dort reinzurammen.

»Red Reaper«, begrüßte er mich.

»Archangel.« Meine Stimme zitterte nach einer weiteren kalten Nacht im Keller. Ich konnte es nicht verhindern, und das kotzte mich an.

Ich beobachtete ihn ganz genau, als er auf mich zukam, um herauszufinden, was er jetzt für mich geplant hatte. Aber ich konnte keine neuen oder alten Utensilien erkennen. Was also hatte er vor?

Er trat vor mich und hob die Arme. Ich konnte seine warmen Finger kaum spüren, so taub waren meine Hände. Aber das leise Klicken hörte ich. Dann fielen meine Arme herab. Ich konnte mich nicht auf den Beinen halten. Trotzdem fiel ich nicht auf den Boden, denn Zane fing mich auf und nahm mich in die Arme.

Verwirrt sah ich ihn an, aber er schwieg, als er mich aus dem Keller und in den ersten Stock trug. Dort erstreckte sich ein riesiges Schlafzimmer, von dem zwei Türen abgingen. Ich versuchte, mir so viel wie möglich einzuprägen, bevor Zane eine der Türen öffnete und mich in ein Badezimmer führte. Die Luft war schwer vom Wasserdampf. Ich entdeckte eine riesige Eckbadewanne, die bereits mit Wasser gefüllt war.

Ich zischte, als Zane mich in das warme Wasser gleiten ließ. Es biss mir in die geschundene Haut, brannte in meinen Wunden und ließ meine kalten Glieder unangenehm prickeln.

Ich beobachtete Zane ganz genau, achtete auf jede noch so kleine Regung, aber er sah mir nicht einmal ins Gesicht. Stattdessen setzte er sich auf den Wannenrand, schnappte sich einen Schwamm, tauchte ihn unter. Ich zuckte zusammen, als er ihn mir auf die Schulter drückte und mich zu waschen begann. Was passierte hier gerade?

Es war still im Badezimmer. Nur das Wasser plätscherte leise, während Zane mich wusch. An meinem Rücken war er besonders vorsichtig, aber auch besonders gewissenhaft. Reinigte meine Wunden.

Als er den Schwamm schließlich ins Wasser fallen ließ und mir bedeutete, meine Haare nass zu machen, war die Kälte verschwunden. Ersetzt durch Wärme und beinahe zärtliche Erregung. Ein sehnsuchtsvolles Pochen ließ meine Mitte kribbeln.

Sanft umfing Zane meine Schultern und drehte meinen Rücken zu sich. Im nächsten Moment spürte ich, wie er Shampoo auf meiner Kopfhaut verteilte und sie massierte. Mein Kopf fiel nach vorn, ich schloss die Augen. Es fühlte sich himmlisch an.

Dennoch wusste ich genau, was Zane hier tat. Es war die Zuckerbrot-und-Peitsche-Methode. Ich hatte es bereits hundertmal erlebt und es auch selbst angewendet. Aber die psychologische Wirkung konnte ich dennoch nicht kontrollieren. Seine Behandlung band mich an ihn, ließ mich ihm gegenüber eine gewisse Schuld empfinden. Aber ich versuchte, es zu unterdrücken. Für das Stockholm-Syndrom hatte ich nun wirklich keine Zeit.

Zane wusch mir den Schaum aus den Haaren und half mir danach aus der Wanne. Er trocknete mich ab, wickelte mich in einen riesigen Bademantel, der nach ihm roch.

Danach führte er mich durch das Schlafzimmer in den anderen Raum. Ein Gästezimmer, wie es schien. Darin befand sich nicht viel mehr als ein Bett mit Metallgestell, eine Kommode und ein Nachttisch.

Er setzte mich auf dem Bett ab und sah mir zum ersten Mal in die Augen. »Nicht. Bewegen.« Seine Stimme war ein dunkles Grollen, und obwohl mein Kopf mir sagte, dass ich jetzt endgültig den Verstand verloren hatte, fror mein Körper augenblicklich ein. Ich bewegte mich keinen Zentimeter, bis Zane schließlich mit einer Schüssel dampfender Suppe zurückkam.

Er drückte sie mir in die Hand, und köstlicher Duft stieg mir in die Nase, erinnerte mich daran, dass ich beinahe drei Tage lang nichts mehr gegessen hatte.

Aber bevor ich auch nur einen Löffel nehmen konnte, legte sich Zanes Hand um meine Kehle. Raubte mir augenblicklich den Atem. Ich starrte zu ihm auf, und endlich kehrte der Hass zurück. Ich biss die Zähne zusammen und tat so, als würde es mir nichts ausmachen, dass ich nicht atmen konnte.

»Eine falsche Entscheidung, *Reaper*, und du landest wieder im Keller. Ein einziger Fluchtversuch, und ich werde deinen Rücken aussehen lassen, als wärst du in einen Fleischwolf geraten. Eine Missachtung meiner Befehle, und du wirst dir wünschen, ich würde deinen Rücken in eine rohe Masse aus Fleisch und Blut verwandeln. Hast du mich verstanden?«

Ich sah das Feuer in seinen Augen, die Dunkelheit, die so sehr meiner eigenen entsprach. Und ich wusste, dass er jedes seiner Worte ernst meinte.

Der fehlende Sauerstoff ließ meine Gedanken nur noch langsam dahinkriechen. Ich fühlte mich benommen. Dennoch lächelte ich.

Und als Zane meine Kehle wieder losließ, sah ich ihm direkt in die Augen und sagte: »Du wirst mich niemals brechen.«

Kapitel 16

Raphael

Aber genau das würde ich tun.

Ich würde Red Reaper brechen.

Mein Lächeln war voller Dunkelheit und perverser Abgründe, als ich zurücktrat und mich auf den Stuhl neben dem Bett sinken ließ.

Ich deutete mit einem Nicken auf die Schüssel mit der Suppe. »Iss.«

Sie behielt mich genau im Auge, während sie ihre erste Mahlzeit seit Tagen zu sich nahm. Ihre Haut war noch gerötet vom Bad. Und als sie sich leicht nach vorn beugte, um den Löffel in den Mund zu nehmen, klaffte mein Bademantel auseinander und enthüllte die Kurve ihrer Brust. Ich konnte die blauen Flecken meiner unsanften Behandlung erkennen. Der Stoff verfing sich an ihrem Nippel und versteckte diesen Teil vor meinem Blick.

Ich verspannte mich. Diese Frau stellte meine Selbstbeherrschung auf eine wirklich harte Probe.

Wir schwiegen, bis sie aufgegessen hatte und die Schüssel auf den Nachttisch stellte.

Ich erhob mich. »Steh auf.«

Sie blieb sitzen. »Warum?«

Ich machte einen Satz nach vorn, umfing ihren Oberarm mit einem schmerzhaften Griff und zog sie auf die Füße, schleifte sie zurück ins Badezimmer. Dort streifte ich ihr den Bademantel von den Schultern, bevor ich eines der Schränkchen öffnete und eine desinfizierende und schmerzlindernde Salbe herausholte.

Ich verteilte sie auf ihren Wunden und gab ihr ein Shirt von mir zum Anziehen. Schließlich hatte ich ihre Kleidung zerstört, und wenn ich sie weiterhin nackt herumlaufen ließ, würde ich keinen vernünftigen Gedanken mehr zustande bringen. Schon gar nicht, wenn sie meine Male auf ihrer Haut trug.

Ich schob sie zurück ins Gästezimmer und war überrascht, dass sie sich meinem Willen beugte. Allerdings zeigte mir das Glitzern in ihren Augen, dass sie nur darauf wartete, mich erneut anzugreifen. Sie konnte es gern versuchen.

Sie setzte sich wieder auf das Bett, während ich mich in den Sessel sinken ließ

Wir starrten einander eine Weile schweigend an.

Ich rieb mir mit der Hand über das unrasierte Kinn. »Wir nehmen es an.«

Sie hob eine Braue, sah aber nicht im Mindesten überrascht aus. Und auch das triumphierende Glitzern in ihren Augen entging mir nicht. »Wir?«

»Die Angels of Death.«

»Natürlich. Ihr Jungs tut ja nie irgendwas alleine.«

»Das sehe ich anders.«

»Ach wirklich? Was tust du denn schon, ohne deine Motorradkumpels miteinzubeziehen?«

»Ficken«, antwortete ich grinsend.

Sie schnaubte und wandte den Blick ab.

Es war Zeit, dass wir zum Geschäft kamen. »Wie viel willst du?«

»Fünfzigtausend.«

Ich nickte. »Okay.«

»Jetzt. Und fünfzigtausend bei Abschluss des Deals«, versetzte sie grinsend, und ich starrte sie einen Moment lang sprachlos an.

»Hunderttausend für einen Namen?«

Sie zuckte mit den Schultern. »Scheint mir in deinem Fall angemessen.«

Ich verschränkte die Arme vor der Brust. »Ich finde, du solltest mir einen Rabatt gewähren.«

Sie sah mich mit einem Blick an, der eindeutig meine Intelligenz in Frage stellte. »Wieso? Wegen deines guten Aussehens?«

»Nein. Aber gut zu wissen, dass du mich für gutaussehend hältst«, antwortete ich grinsend.

Jetzt sagte mir der Ausdruck in ihren grünen Augen, dass sie mir am liebsten das Gesicht zerkratzen würde. Ich fand es sehr beruhigend, dass ich ihr die Gefühle an den Augen ablesen konnte, weil sie bisher sehr wortkarg gewesen war. »Du solltest mir einen Rabatt gewähren, weil ich dich bei mir wohnen lassen werde. Und Hotels sind niemals gratis.« Ihr wütender Gesichtsausdruck sorgte dafür, dass ich sehr zufrieden mit mir war.

»Wieso sollte ich bei dir wohnen wollen?«

»Von wollen kann hier nicht die Rede sein. Ich verlange es. Sonst wird es keinen Deal geben.«

Sie neigte leicht den Kopf. »Ohne Deal keinen Namen.«

»Dann warte ich eben, bis derjenige auf meiner Türschwelle auftaucht, und töte ihn dann. Es wäre mir zwar lieber, wenn ich ihn zuerst finden würde, aber eine Notwendigkeit ist das nicht.« Ich gab mich selbstsicherer, als ich tatsächlich war. Aber dass sie ohne meine Aufsicht durch die Gegend spazierte, war keine Option.

Ich sah, wie sie mit den Zähnen knirschte. Schließlich lehnte sie sich nach vorn und setzte sich in den Schneidersitz. »Keine Kette.«

Ich runzelte leicht die Stirn. »Du bewegst dich in diesem Haus nicht ohne meine Aufsicht. Und nachts schließe ich die Tür zum Gästezimmer ab.«

Sie öffnete den Mund.

»Du kannst auch gerne wieder in den Keller gehen.«

Sie presste die Lippen aufeinander.

»Bei dem kleinsten Fehlverhalten, Ausbruchsversuch oder Angriff mir gegenüber platzt der Deal, und ich werde dafür sorgen, dass du es bereust.«

»Was willst du tun?« Sie grinste. »Mich erneut fesseln und schlagen?«

Ich beugte mich nach vorn, stützte die Unterarme auf den Knien ab. »Ja. Das will ich.«

Und ich meinte es ernst. Der Gedanke, sie erneut hilflos meinem Willen auszuliefern, turnte mich so sehr an, dass ich darüber beinahe alles andere vergaß. Sie konnte es in meinen Augen erkennen, in der Art, wie ich sie anstarrte und sich die Energie im Raum veränderte. Ihr Mund öffnete sich leicht, ihr Atem beschleunigte sich, und ich konnte ihre Nippel unter dem dunklen Stoff meines Shirts erkennen. Ich grinste.

»Außerdem haben wir alle Leichen im Keller, und ich werde dann sehr motiviert sein, deine zu finden.«

In dem Moment, in dem ihr Gesicht völlig ausdruckslos wurde, wusste ich, dass ich einen Nerv getroffen hatte. Ich machte mir eine gedankliche Notiz, dass ich versuchen würde, etwas über Red Reapers Vergangenheit herauszufinden.

Es dauerte vielleicht ein oder zwei Herzschläge, aber dann seufzte sie und gab sich betont gelassen. Ich hatte ganz eindeutig einen wunden Punkt getroffen.

»Okay, aber dafür erwarte ich vernünftiges Frühstück.«

Ich nickte.

»Also haben wir einen Deal?«, fragte sie.

»Ja. Deine ersten fünfzigtausend bekommst du heute Abend. Den Rest, wenn du mir deinen Auftraggeber gebracht hast.«

Sie runzelte die Stirn. »Das war nicht Teil des Deals.«

»Für diese Summe will ich mehr als nur einen Namen. Du kannst dir ruhig ein wenig Mühe gehen.«

»Du gehst mir jetzt schon gehörig auf die Nerven, Arschloch.«

Ich zwinkerte ihr zu. »Du mir auch, Miststück.«

Alexia

Ich starrte Zane an. Sah den Hunger in seinem Blick, und mein Körper reagierte. Das hier war total abgefuckt. Aber das war schließlich mein Ding, oder?

Mein Rücken kribbelte noch immer von seiner … Behandlung. Und mir war durchaus nicht entgangen, dass die Peitsche auf der Kommode lag, die gegenüber vom Bett stand. Ihr Anblick bescherte mir eine Gänsehaut, und ich erwischte mich bei dem Gedanken, dass ich mich zurück in den Keller wünschte. Zum Vergnügen.

Allerdings beinhaltete dieses Vergnügen auch Raphael Zane. Und ich war mir nicht sicher, wie ich darüber dachte. Ich war wütend auf ihn, weil er meinen Plan durchkreuzt hatte. Ich wollte ihn erwürgen, weil er mein Leben verkomplizierte. Und ich hasste ihn, weil ich wollte, dass er mich fickte. Hart. Jetzt. Hier. In diesem Moment.

Und als er sich nach vorn beugte und tief einatmete, wusste ich, dass er es mir ansehen konnte. Seine Muskeln spannten sich unter der tätowierten Haut an. Hunger ließ seine Kinnlinie noch schärfer hervortreten, als er die Zähne zusammenbiss. Er ballte die Hände zu Fäusten, und die Ausbuchtung zwischen seinen Beinen war nicht zu übersehen. Er wollte mich. Und er wusste, dass ich ihn wollte.

Der einzige Silberstreif am Horizont war, dass ich bei ihm bleiben konnte. Mir passte zwar nicht, dass er mich dabei die ganze Zeit beobachten konnte, aber es hatte auch seine guten Seiten. Erstens konnte ich Geld für die Zeit nach diesem Auftrag sparen - ich konnte gar nicht erwarten, bis es so weit war -, und zweitens würde mich wohl niemand im Haus des Präsidenten eines MCs suchen. Auch nicht meine Vergangenheit.

Ich würde Luar ausliefern, ihm vorher möglichst viele Informationen über die Angels of Death mitteilen, von ihm und Zane mein Geld kassieren und meinen Arsch so schnell wie möglich aus dieser Stadt herausschaffen.

Was sollte da schon schiefgehen?

Kapitel 17

ALEXIA

Wir starrten einander an. Zane und ich. Das Gästezimmer war viel zu klein, und er schien auch noch sämtlichen Sauerstoff aus dem Raum zu saugen.

Ich wusste, dass es keine gute Idee war, aber mein Leben hatte mich zu einem Kämpfer gemacht. Und ich würde mich nie wieder einfach so in mein Schicksal ergeben. Auch nicht für einen heißen Biker. Niemals.

Wenn ich schon hierbleiben würde, dann zu meinen eigenen Bedingungen. Als Gast. Nicht als Gefangene. Aber Zane sah das anders. Er glaubte, dass er mich bezwingen konnte. Mich *brechen* konnte.

Aber man kann nichts brechen, was schon zerstört ist.

Und ich würde gegen ihn kämpfen, bis ich nicht mehr kämpfen konnte.

Ich leckte mir betont langsam über die Lippen. Sofort starrte er auf meinen Mund. Ich stand auf. Sein Shirt reichte mir beinahe bis zu den Knien. Aber ich straffte die Schultern, drückte den Rücken durch, bis ich sicher war, dass man meine harten Nippel durch den Stoff des Shirts sehen konnte. Und nach Zanes Blick zu urteilen, konnte man das eindeutig.

Wenigstens die Anziehung zwischen uns musste ich nicht spielen. Die war echt.

Mit wiegenden Hüften ging ich auf ihn zu, überbrückte die wenigen Schritte, die uns voneinander trennten. Zane spreizte die Beine, machte mir dazwischen Platz.

»Wirst du jetzt doch nett zu mir sein?«, fragte er mich.

Ich lächelte. »Du hast ja keine Ahnung.«

Ich drehte ihm den Rücken zu und wiegte meine Hüften sanft im Takt einer Melodie, die nur ich hören konnte. Meine Hände umfassten den Saum des T-Shirts und hoben es langsam hoch. Ich hörte Zane tief einatmen, als er meinen nackten Hintern betrachtete.

Dabei glitt mein Blick durch den Raum. Ich suchte nach etwas, womit ich Zane eine Lektion erteilen konnte. Ich wollte nicht fliehen. Jedenfalls noch nicht. Außerdem war ich quasi nackt und ohne fahrbaren Untersatz. Aber der Präsident der Angels of Death sollte wissen, dass er mich niemals kontrollieren würde.

Ich lächelte, als ich die Schüssel entdeckte, in der er mir die Suppe serviert hatte. Meine Zeit im Keller hatte mich viel Kraft gekostet, aber hierfür reichte es gerade noch. Zum Glück stand der Nachttisch nicht weit vom Sessel entfernt.

Ich beugte mich nach vorn, wusste, dass ich Zane dadurch einen angenehmen Blick auf meine Pussy liefern würde. Und nach dem dunklen Grollen zu urteilen, das hinter mir erklang, genoss er die Aussicht.

Meine Finger schlossen sich um die Suppenschüssel. Ich drehte mich in einer schwungvollen Bewegung um. Zielte auf seinen Kopf. Für einen kurzen Moment kreuzten sich unsere Blicke, und Zane sah, was auf ihn zukam. Im letzten Moment riss er den Arm hoch, weswegen ich sein Gesicht leider verfehlte.

Das Porzellan fiel zu Boden und zersprang in tausend Stücke. Ich zögerte nicht und machte einen Satz nach vorn, Richtung Tür.

»Fuck!«, knurrte Zane hinter mir.

Meine Hände schlossen sich um den Türknauf, und ich hechtete in das angrenzende Schlafzimmer. Sofort fiel mein Blick auf die Waffe. Ich sprang hin, spürte kaltes Metall unter den Fingern und im gleichen Moment starke Hände um meine Hüften.

Zane riss mich von den Beinen. Ich drehte mich noch im Fallen um und hob die Waffe. Mein Rücken knallte auf den Boden, und ich konnte gerade noch einen Schrei unterdrücken. Ich war mir sicher, dass die Wunden wieder aufgeplatzt waren.

Zane lag auf mir. In seinen Augen ein dunkles Feuer. Seine Hand schloss sich im gleichen Moment um meine Kehle, wie ich die Waffe an seine Schläfe hielt.

Ich lächelte, als er zudrückte. Nicht genug, um mir die Luft abzuschnüren. Aber viel fehlte auch nicht.

»Ich hatte dir gesagt, was passieren würde, wenn du dich mir widersetzt.«

»Und ich hatte dir gesagt, dass du mich niemals brechen wirst.«

Zane grinste. »Und was wirst du jetzt tun? Abdrücken?«

Ich entsicherte die Pistole. Sein Blick flatterte. Angst? Unsicherheit? Ich war mir nicht sicher. Und es war mir auch egal.

Ich wollte ihn ja gar nicht umbringen. Denn das würde mir nur unnötige Probleme bescheren. Und davon hatte ich im Moment schon wahrlich genug.

»*Du* wirst lernen, mich wie eine Partnerin in dieser Geschichte zu behandeln. Nicht wie eine Gefangene.«

»Ach? Und wie werde ich das lernen?«

»Wenn du das nicht tust, werde ich die schlimmste Gefangene sein, die du je erlebt hast.«

Zane lächelte, während ich ihm eine verfluchte Pistole an den Schädel hielt. Er legte seine freie Hand um meine, drückte die Waffe näher an seine Schläfe. Langsam beugte er sich zu mir herunter, erhöhte dadurch den Druck auf meinen Hals. Das Atmen fiel mir schon schwerer. Seine Lippen berührten mein Ohr, und ich erschauerte gegen meinen Willen.

»Darauf freue ich mich schon.«

Binnen eines Wimpernschlags entriss er mir die Waffe, und bevor ich wusste, was geschah, spürte ich einen stechenden Schmerz, und die Welt versank in Dunkelheit.

RAPHAEL

Ich beobachtete, wie ihre Lider flatterten und sich schlossen, nachdem ich ihr den Pistolengriff an die Schläfe geknallt hatte.

Ich stand auf und betrachtete ihre zierliche Gestalt, wie sie so bewusstlos auf meinem Fußboden lag, und musste zugeben, dass sie mir so am besten gefiel. Jetzt gab sie wenigstens keine Widerworte mehr oder versuchte, mich anzugreifen.

Seufzend kniete ich mich hin, nahm einen Arm und zog sie hoch, hob sie auf meine Schultern. Danach ging ich mit ihr in den Keller und an die hintere Wand, wo ein paar lange Handschellen an einem eingemauerten Ring hingen. Ich setzte Red Reaper auf die dünne Decke auf den Boden und legte ihr die Handschellen an.

Ich hatte ihr ja versprochen, dass sie zurück in den Keller kommen würde.

ALEXIA

Es war kalt, als ich wach wurde. Und sofort wusste ich, dass ich mein Gästezimmerprivileg wieder verloren hatte. Blinzelnd sah ich mich in dem Keller um. Unter der Decke hing die nackte Glühlampe und verbreitete schummriges Licht. Danach betrachtete ich meine Fesseln und seufzte leise. Schon wieder angekettet.

Seufzend lehnte ich den Kopf gegen die steinerne Mauer hinter mir. Irgendwie hatte ich gehofft, dass die Situation anders enden würde. Dass Zane einsehen würde, dass man mich nicht bezwingen konnte, dass er einlenken würde und mich als Partnerin in diesem Deal sehen würde. Ich hatte geglaubt, dass mir eine Waffe die Oberhand geben würde.

Aber am Ende war ich diejenige gewesen, die sich geirrt hatte. Ich hatte Zane unterschätzt.

Dabei war ich mit machtvollen Männern aufgewachsen. Ich hätte wissen müssen, dass Zane nicht nachgeben würde.

Allerdings stellte sich mir jetzt die Frage, was zum Teufel ich mit dieser Situation machen sollte?

Und egal wie ich die Situation drehte und wendete, am Ende gab es nur eine Antwort: Ich musste einlenken. Ich musste *nachgeben*. Und ich hasste das. Mit jeder Faser meines Seins hasste ich es, mich unterwerfen zu müssen. Die Regeln eines anderen akzeptieren zu müssen.

Als hätte ich ihn mit meinen Gedanken herbeigerufen, ging die Tür zum Keller auf, und Zane kam mit einem dämlichen Grinsen im Gesicht herein.

Ich versuchte zu ignorieren, wie heiß dieser Mann war. Wie perfekt sich die schwarzen Tattoos an die Konturen seines muskulösen Körpers anpassten. Leider gelang mir das überhaupt nicht.

Vor mir hockte Zane sich hin, bis er mit mir auf Augenhöhe war.

»Lektion gelernt?«, fragte er.

Ich ballte die Hände zu Fäusten und knirschte mit den Zähnen. »Welche verfluchte Wahl bleibt mir denn?«

Sein Grinsen wurde breiter. »Der Keller.«

Ich versuchte, den Drang zu unterdrücken, ihm meine Faust ins Gesicht zu knallen. Aber das war gar nicht so einfach. Denn er war wirklich stark.

»Du verfluchtes Arschloch.«

Zane platzierte seine Knie links und rechts von mir, stützte die Hände über meinem Kopf an der Wand ab und beugte sich nach vorn. Jetzt hatte er mich mit seinem Körper eingesperrt. Sein berauschend männlicher Duft erfüllte meine Nase. Seine Lippen berührten mein Ohr

»Du verfluchtes Miststück.«

Ich unterdrückte ein Lachen. Diese ganze Situation war so verflucht abgefuckt. Aber wenn Zane mir so nahe war, war es mir scheiß egal.

Denn irgendetwas hatte dieser Mann an sich, das meinen ohnehin schon nicht ganz gesunden Verstand außer Kraft setzte. Sobald er mir zu nahe kam, konnte ich nur noch daran denken, wie dringend ich seinen Schwanz zwischen meinen Beinen wollte. Und ihm schien es ähnlich zu gehen, denn ich sah, wie erweitert seine Pupillen waren, als er sich zurücklehnte. Ich sah, wie die Ader an seinem Hals pulsierte, wie sich die Muskeln seiner Arme anspannten. Grinsend streckte ich die gefesselten Hände aus und legte sie auf seinen nackten Bauch. Sofort spannten sich die Muskeln dort an.

»Ich werde mich an deine Regeln halten«, sagte ich, und die Worte waren wie Säure in meinem Mund.

»Ach wirklich?«

Ich nickte und ließ die Finger weiter nach oben gleiten. »Ich werde sie nicht alle befolgen. Aber die grundlegenden. Keine Angriffe. Keine Fluchtversuche.«

»Und der Rest?«, fragte Zane und kam mit seinem Mund ganz nah an meinen, bis wir dieselbe Luft teilten.

»Schätze, das werden wir beide erfahren, wenn es so weit ist«, murmelte ich.

Ich sah ein amüsiertes Flackern in Zanes Blick. »Der Keller rennt uns ja nicht weg.«

»Arschloch.«

»Miststück.«

Ich küsste ihn.

Kapitel 18

Alexia

Seine Zunge war heiß und gierig in meinem Mund, nahm sich, was er wollte. Ich spürte seine Hände auf meinen Hüften, und einen harten Ruck später lag ich unter ihm auf dem Kellerboden. Sein riesiger Körper über mir sperrte mich ein. Seine Erektion drückte sich durch die Jeans gegen meinen Oberschenkel, als er sich auf mich legte.

Ich riss meinen Mund von ihm los, legte die Lippen auf seinen Hals und biss ihn. Zane knurrte. Ich grinste, sah ihn an.

Wahrscheinlich hatte ich jetzt endgültig und vollkommen den Verstand verloren. Denn die Idee, die mir gerade gekommen war, war eindeutig völlig verrückt. Vielleicht hatte die Lust einen Kurzschluss in meinem Kopf verursacht.

»Machen wir die Sache doch ein bisschen interessanter«, murmelte ich.

»Was stellst du dir da vor?« Sein Gesichtsausdruck war misstrauisch.

»Eine Wette. Der Verlierer muss dem Gewinner Frühstück machen.«

»Und um was wetten wir?« Sein Daumen strich über meinen Puls. Das amüsierte Flackern war in seine dunklen Augen zurückgekehrt.

Was zum Teufel war eigentlich los mit mir? Warum war ich plötzlich in verspielter Stimmung? War die ganze Situation nicht schon kompliziert genug?

Anscheinend nicht, denn bevor ich mich davon abhalten konnte, hörte ich mich sagen: »Ich wette, dass du mich nicht zum Schreien bringst.«

Sein Lächeln konnte Eisberge zum Schmelzen bringen. »Die Wette nehme ich an.«

Schon lag sein Mund auf meinem Hals, direkt oberhalb der Wunde. Er musste meinen rasenden Puls an seiner Zunge fühlen, als er über meine Haut leckte. Ich schloss die Augen, biss die Zähne zusammen.

Langsam bahnte Zane sich einen Weg nach unten, küsste mein Schlüsselbein, knabberte an meiner Brust. Alles durch den Stoff des T-Shirts. Aber deswegen war seine Berührung nicht weniger intensiv. Dann war sein Mund auf meinen Nippeln, und ich vergaß beinahe zu atmen.

Dieser Mann hatte einen magischen Mund. Und plötzlich war ich mir nicht mehr so sicher, dass ich diese Wette gewinnen würde. Dabei schrie ich nicht. Niemals. Das hatte ich mir abgewöhnt.

Seine Hände glitten an mir herunter, schoben den Stoff des Shirts nach oben. Kalte Luft strich über mein Geschlecht, ließ mich zittern. Ich war bereits nass.

»Nette Tattoos.«

Ich folgte seinem Blick und betrachtete das tätowierte Spitzenstrumpfband auf meinem linken Oberschenkel und den Phönix, der sich von meinem rechten Knöchel bis hoch zur Hüfte zog.

Ich hob die Beine und schlang sie um ihn. »Du solltest zu reden aufhören.«

Zane beugte sich über mich, seine Lippen strichen über meinen Bauch. Unwillkürlich spannte ich die Muskeln an, als er die Zunge in meinen Bauchnabel gleiten ließ und sich dann einen Weg zu meinem Hüftknochen küsste. Seine Zunge strich über meine Haut, und ich keuchte auf, als er mich biss. Und das nicht gerade sanft.

Im nächsten Moment war sein Mund auf meinem Geschlecht, und er ließ zwei Finger in mich gleiten. Ich bog den Rücken durch, wölbte mich ihm entgegen und schloss die Augen. Er fingerte mich mit quälend langsamen Bewegungen, während seine Zunge über mich glitt, meine Klit aber nur mit federleichten Berührungen streifte.

»Härter«, keuchte ich.

Er knurrte zustimmend, und die Vibration sorgte dafür, dass ich mich noch näher an sein Gesicht presste. Schon spürte ich, wie er einen dritten Finger in mich schob. In kleinen Kreisen strich er mit der Zunge um meine Klit herum und trieb mich damit langsam, aber sicher in den Wahnsinn. Wenn er das nicht bald änderte, würde ich ihn aus dem Weg kicken und die Sache selbst in die Hand nehmen müssen.

Als hätte er meine Gedanken gehört, schloss sich sein Mund um meine Perle, und er saugte hart. Gleichzeitig nahm er einen vierten Finger dazu und rammte sie förmlich in mich. Mein Rücken schoss vom Boden hoch, und ich wölbte ihm das Becken entgegen.

Ich spürte bereits, wie sich meine Muskeln in Ankündigung eines Höhepunkts verkrampften. Erwartungsvoll kam ich seinen Stößen entgegen, aber er suchte sich genau diesen Moment aus, um aufzuhören.

Ich riss die Augen auf, als er sich über meinen Körper nach oben schob und gleichzeitig die Jeans öffnete und von den Hüften schob. Schon spürte ich seinen harten Schwanz an meinem Geschlecht.

»Ich hasse dich, Arschloch«, knurrte ich, weil er mich kurz vor dem Orgasmus hängen gelassen hatte.

»Das beruht auf Gegenseitigkeit, Miststück.«

Bevor ich mir noch eine schlagfertige Antwort überlegen konnte, hatte er meine Hüften umfasst und mich auf den Bauch gedreht.

Mit groben Bewegungen zog er mich auf die Knie hoch. Meine Haut glitt mit einem schmerzhaften Brennen über die kalten Fliesen. Zane drückte meine Beine auseinander, bis es schmerzte. Griff in meine Haare, bog meinen Kopf nach hinten.

Die Position war verdammt unbequem, und doch konnte ich es nicht erwarten, bis er endlich in mich eindringen würde. Ich hörte Folie rascheln, dann war seine Erektion an meinem Eingang, und er drang mit einem einzigen harten Stoß in mich. Bis zum Anschlag.

Ich war bereits nass, aber Zane war riesig, und die Dehnung schmerzte.

Mein ganzer Körper summte förmlich vor Erregung, und ich bewegte mich unruhig unter Zane. Ich wollte eine Hand zwischen meine Beine schieben, um mir endlich selbst Erlösung zu verschaffen, aber bevor ich mich berühren konnte, hatte er mein Handgelenk abgefangen und drehte meinen Arm schmerzhaft hoch auf den Rücken. Ich atmete zischend durch zusammengebissene Zähne aus.

»Netter Versuch aber von dir lasse ich mir diese Wette nicht versauen.«

Dieser Kerl trieb mich in den Wahnsinn.

Zane zog sich zurück und rammte sich mit einem harten Stoß wieder in mich. Mein Mund öffnete sich in einem stummen Schrei, und ich biss mir schnell auf die Lippe, um mich von weiteren Dummheiten abzuhalten.

Sein Rhythmus war brutal. Er fickte mich, als wäre er besessen. Nichts an seinem Griff oder seinen Stößen war sanft. Ich lag halb verdreht unter ihm. Ein Arm auf dem Rücken, weswegen ich mit der Schulter auf dem Boden lag. Seine Hand in meinem Haar, wobei er meinen Kopf in einem unnatürlichen Winkel nach hinten bog. Sein Schwanz, der mich geradezu aufspießte. Und dennoch rückte mein Orgasmus erneut in greifbare Nähe, und ich kam jedem seiner Stöße entgegen.

Heiße Lust rollte über mich hinweg, ließ meine Nippel prickeln. Mein Keuchen wurde lauter, Erregung kribbelte mir im Unterleib, und ich spannte mich an, in Erwartung meines Höhepunkts.

Da hörte er auf, sich zu bewegen.

Ich konnte gerade noch einen wütenden Aufschrei unterdrücken. »Du gottverdammtes Arschloch«, fluchte ich.

Aus dem Augenwinkel heraus sah ich ihn grinsen, aber ich sah auch, wie eine Ader an seiner Schläfe pochte. Ein feiner Schweißfilm überzog seine Haut, und die Muskeln an seinen Armen zitterten. Ihn quälte sein Verhalten genauso wie mich, aber er schien fest entschlossen, diese Wette zu gewinnen.

Ich knirschte mit den Zähnen, als der Orgasmus erneut außer Reichweite glitt. Ich nahm einen tiefen Atemzug, um Zane zu sagen, dass er sich zum Teufel scheren sollte, als er mit einem einzigen fließenden Stoß tiefer als zuvor in mich eindrang. Leise stöhnend schloss ich die Augen.

Ich wimmerte, bewegte mich unruhig unter ihm und kam jeder seiner Bewegungen entgegen. Meine Haut war schweißnass, mein Atem ging stoßweise. Mein Geschlecht pochte verlangend. Inzwischen war ich so nass, dass Zane ganz leicht in mich gleiten konnte, und dennoch ließ die Reibung mich wohlig erschauern.

Plötzlich beugte er sich über mich und biss mir in die Lippen, zog an meinem Fleisch, bis der Cut dort wieder aufplatzte. Ich zischte. Zane nahm sich meinen Mund, und was er tat, war alles, nur kein Kuss. Denn ein Kuss war etwas Liebevolles. Ein wortloses Gespräch. Aber das hier war ein Kampf. Ein Duell.

Er biss mir in die Zunge, ich biss zurück. Er trank mein Stöhnen, raubte mir den Atem. Ich schmeckte mein Blut in seinem Mund.

Immer härter und schneller stieß er in mich, bis ich erneut spürte, wie sich die Anspannung in meinem Unterleib aufbaute. Er ließ meinen Arm los, schob eine Hand zwischen meine Beine, und ich wimmerte.

Mit dem Daumen strich er bei jedem Stoß hart über meine Klit. Gerade, als ich dachte, dass ich unmöglich noch eine Sekunde länger warten konnte, biss er mir hart in den Nacken. Erregung schoss mir durch den Körper, und all meine Muskeln spannten sich an. Gleichzeitig rieb er hart über das Zentrum meiner Lust und trieb seinen Schwanz tief in mich. Der Orgasmus schien mich förmlich zu zerreißen. All die aufgestaute Energie brach sich Bahn, und bevor ich mich davon abhalten konnte, schrie ich meine Lust heraus.

Ich krampfte um seinen Schwanz herum, und ein paar Stöße später spürte ich, wie auch sein Orgasmus ihn erschütterte und er tief und befriedigt aufstöhnte.

Wir verharrten einen Moment, hingen den Nachwehen unserer Höhepunkte nach und versuchten, wieder zu Atem zu kommen.

Schließlich zog Zane sich zurück.

Vielleicht hatte dieser Deal doch noch einen weiteren Vorteil, außer der Gratiswohngelegenheit. Sex mit ihm war gar nicht so übel. Okay, er war fantastisch, aber das würde ich ihm bestimmt nicht auf die Nase binden.

»Also«, meinte er in die Stille hinein und brachte mich damit dazu, die Augen zu öffnen und ihn über die Schulter hinweg anzusehen. »Ich hätte gerne Rührei, ein Sandwich und frisch gepressten Orangensaft.«

Stöhnend schloss ich die Augen. Vielleicht würde ich ihn aber auch umbringen, noch bevor ich meine erste Rate erhalten hatte.

Aber als sein raues Lachen an mein Ohr drang, konnte ich ein Grinsen nicht unterdrücken.

Kapitel 19

Raphael

Ich beobachtete, wie Jane, ich musste wirklich mal herausfinden, wie sie wirklich hieß, in der offenen Küche stand und uns das versprochene Frühstück zubereitete. Die Handschellen lagen auf der Arbeitsplatte vor mir. Nach einer Dusche trug sie Boxershorts und ein T-Shirt von mir.

»Verrat mir deinen Namen«, sagte ich in die überraschenderweise angenehme Stille hinein, während ich das Phönixtattoo auf ihrem rechten Bein betrachtete. Es war in satten Rot- und Orangetönen mit ein wenig Gold gestaltet und passte perfekt zu ihrem Körper.

Sie schaltete den Herd aus, schnappte sich zwei Teller und stellte sie auf der Anrichte ab, an der ich saß. »Jane«, antwortete sie, während sie sich mir gegenübersetzte.

»Das ist eine Lüge, und das wissen wir beide.«

Sie zuckte mit den Schultern. »Wir haben Sex, und ich erledige einen Job für dich. Wofür brauchst du einen Namen?«

Ich biss von dem Sandwich ab, bevor ich antwortete. »Ich will ihn wissen.«

Sie besaß die Dreistigkeit, mich anzugrinsen. »Wir bekommen nicht immer, was wir wollen, Archangel.«

Ich schüttelte den Kopf, stand auf und ging zum Couchtisch, wo mein Handy lag. Dort schickte ich Spades eine Nachricht, dass er noch ein paar Quellen anzapfen sollte, um mehr über meinen Gast herauszufinden. Irgendwo musste es doch etwas über sie geben. Danach kehrte ich zum Frühstück zurück.

»Was hast du gemacht?«

Ich deutete mit der Gabel auf sie und grinste breit. »Wir haben Sex, und du erledigst einen Job für mich. Dafür brauchst du nicht zu wissen, was ich gerade getan habe.«

»Gott, du bist so anstrengend.« Dennoch zuckte es um ihre Mundwinkel.

Ich schob den leeren Teller von mir und legte die Unterarme auf die Anrichte. »Also, wie lautet der Name des Auftraggebers? Wenn du mir deinen schon nicht verraten willst.«

Sie hob eine Braue und verschränkte die Arme vor der Brust. »Ich sehe noch kein Geld, Archangel. Vorher bekommst du gar nichts von mir.«

Ihre Attitüde gefiel mir gar nicht, und kurz spielte ich mit dem Gedanken, sie wieder zu fesseln. Allerdings hatte mir das bis jetzt auch nicht weitergeholfen.

»Außerdem muss ich zu meinem Bike.«

»Du verlässt das Haus nicht ohne meine Aufsicht.«

»Wie süß, ich habe einen Babysitter«, antwortete sie sarkastisch.

Ich ignorierte ihren Kommentar. »Was willst du überhaupt mit deinem Motorrad?«

»Du zwingst mich ja, bei dir zu wohnen. Also sollte ich meine Sachen holen, oder nicht?«

Ich nickte. »In Ordnung. Aber ich werde dich begleiten.«

»Wenn es dich glücklich macht«, seufzte sie. Sie glitt vom Barhocker und ging in Richtung Treppe.

»Wo willst du hin?«, rief ich ihr hinterher.

Schnaubend blieb sie stehen. »Ehrlich jetzt? So soll das die nächste Zeit laufen?« Sie schüttelte den Kopf. »Du musst mal an deinem Kontrollzwang arbeiten, Raphael.«

Damit ließ sie mich stehen und verschwand nach oben. Da ein Alarm auf meinem Handy mir mitteilen würde, falls ein

Fenster geöffnet wurde, und es nur einen Ausgang gab, blieb ich gelassen und ging ins angrenzende Wohnzimmer. Dort schickte ich Chirurg, dem IT-Spezialisten des MCs, eine Nachricht, dass er seinen Arsch zum Clubhaus bewegen sollte. Denn ich würde Red Reaper bestimmt nicht ohne Peilsender verschwinden lassen.

Danach ging auch ich nach oben und zog mir wieder Jeans und Kutte an. Das vertraute Gefühl des Leders beruhigte mich, wie es sonst nichts in dieser Welt vermochte. Es fühlte sich an, als wäre ich geboren worden, um eine Kutte zu tragen. Es hatte sich so angefühlt, als ich sie zum ersten Mal übergezogen hatte, und daran hatte sich bis heute nichts geändert.

Jane kam aus dem angrenzenden Zimmer. »Können wir los?«

Ich bedeutete ihr, voranzugehen. »Klar.«

Kurze Zeit später hielten wir vor dem Clubhaus, und Jane steuerte direkt auf ihr Bike zu. Ich schnappte mir ihr Handgelenk und zog sie ins Innere der Scheune.

»Was soll das?« Sie entriss mir das Handgelenk und verschränkte missmutig die Arme.

»Ich muss noch kurz was erledigen. Danach kümmern wir uns um deine Sachen.«

Wie aufs Stichwort tauchte Spades hinter der Theke auf und gesellte sich zu uns. »Du wirst oben erwartet, Archangel.«

Ich sah Jane an. »Du bleibst bei ihm. Und denk an unseren Deal. Keine krummen Dinger.«

Sie zeigte mir den Mittelfinger, und ich ließ sie grinsend stehen.

Ich betrat mein Büro, Chirurg saß bereits auf einem der Besucherstühle. Sein kahlrasierter Schädel war mit irgendwelchen technischen Tattoos bedeckt, die ich nicht einmal im Ansatz verstand. Die schwarze Tinte hob sich nur geringfügig gegen seine dunkle Haut ab.

»Hey.«

»Was kann ich für dich tun, Archangel?«

Ich zog Janes Handy aus der Hosentasche und warf es ihm rüber. Seine geschickten Finger fingen es auf.

»Kannst du die Sperre umgehen und dich darin mal umsehen?«

Er sah mich mit amüsiertem Blick an. »Nein, tut mir leid. Spontan haben mich all meine Fähigkeiten verlassen.«

Ich rollte mit den Augen. »Durchsuch das Ding einfach und installier dann einen Peilsender.«

Chirurg nickte. »Wann brauchst du es zurück?«

»So schnell es geht.«

»Ich bring es dir heute Abend vorbei.«

»Gut. Viel Spaß damit!« Ich verließ das Büro wieder, um Jane unten bei Spades abzuholen, und fand die beiden an der Theke. Spades entdeckte mich und zog einen Autoschlüssel aus der Hosentasche, den er mir zuwarf.

Jane sah zwischen uns beiden fragend hin und her. »Wofür war das?«

»Wir nehmen ein Auto zu deiner Wohnung.«

»B&B«, korrigierte sie mich.

»Du wohnst in einer Pension?«

Sie zuckte mit den Schultern. »Ich habe keine Wohnung.«

Ich runzelte die Stirn, ging aber nicht weiter auf das Thema ein.

»Lass uns gehen«, sagte ich zu ihr, und sie glitt vom Barhocker.

Spades fing meinen Blick auf. »Wir müssen uns nachher mal unterhalten.«

Meine Muskeln spannten sich an, und für einen Augenblick umklammerte ich den Schlüssel so fest, dass er mir in die Handflächen schnitt. Aber dann zwang ich mich zur Entspannung, denn ich spürte Janes neugierigen Blick auf mir. Wir hatten jetzt zwar einen Deal, aber ich konnte mir nicht sicher sein, wo ihre Loyalität lag. Im Moment war ich vielleicht der Höchstbietende, aber das konnte sich auch schnell wieder ändern. Deswegen auch der Peilsender. Ich wollte das Risiko, von ihr beschissen zu werden, so gering wie möglich halten.

Außerdem wusste ich ja nicht, worüber Spades mit mir reden wollte. Vielleicht war es ja auch ganz harmlos. Allerdings erzählte der düstere Ausdruck in den Augen meines Kumpels eine andere Geschichte.

Ich sah Jane an. »Lass uns deine Sachen holen.«

Die Waffen, die wir aus dem B&B geholt hatten, nahm ich ihr ab, sobald wir wieder bei mir zu Hause waren. Es war eine Sache, ihr die Kette abzunehmen und sie frei herumlaufen zu lassen, aber ich würde ihr dabei nicht auch noch ein Mordwerkzeug in die Hand drücken.

»Wann kriege ich mein Handy zurück? Ich hab schließlich einen Auftrag zu erledigen.« Sie saß auf meiner Couch, eine Flasche Bier in der Hand und die Füße auf dem Couchtisch. Sie schien sich verdammt wohl zu fühlen, und irgendwie passte mir das gar nicht.

»Heute Abend. Zusammen mit deinem Geld.«

Ich ging auf sie zu und blieb neben der Couch stehen. »Und jetzt steh auf.«

»Wie bitte?«

»Du hast mich schon verstanden.«

Ich konnte ihr am Gesicht ablesen, dass sie die Situation verunsicherte, aber das interessierte mich nicht. Sie war hier in meinem Haus. Unter meiner Kontrolle. Mein Wort war Gesetz.

Langsam stellte sie die Bierflasche beiseite und erhob sich, dabei behielt sie mich ganz genau im Auge.

»Zieh dein Shirt aus.«

Als sie begriff, worauf ich hinauswollte, fing sie an zu grinsen. »Typisch Mann. Warum denkst du, dass wir wieder Sex haben werden?«

Ich ging weiter auf sie zu, zwang sie dazu, zurückzuweichen. »Es gibt genau zwei Gründe, warum du hier bist.«

»Ach ja?« Sie bewegte sich im gleichen Rhythmus rückwärts, wie ich auf sie zuging.

»Ja.« Ich zog meine Pistole aus dem Bund der Jeans und warf sie auf die Couch. »Grund Nummer eins«, ich hielt einen Finger hoch, »der Auftrag. Grund Nummer zwei«, ich fügte einen zweiten Finger hinzu, »ich will dich ficken.«

»Du sagst die romantischsten Dinge, Archangel.«

»Sarkasmus wird dir auch nicht helfen.« Ich grinste sie an. »Und jetzt weg mit dem Shirt.«

Sie griff nach dem Saum, und im nächsten Moment trug sie nur noch Jeans und BH. Mein Blick glitt über ihren trainierten Körper. Ich konnte deutlich die Muskeln erkennen, die ich ja bereits mehrfach zu spüren bekommen hatte. Allerdings war sie trotzdem an allen wichtigen Stellen weich und einladend. Ein faszinierender Kontrast.

»Die Jeans.« Ich nickte in Richtung des Kleidungsstücks und beobachtete, wie sie aus der Hose stieg und jetzt nur noch ihre Unterwäsche trug. Endlich schloss ich die letzte Distanz zwischen uns und fing ihren Körper zwischen mir und der Wand ein. Ihr warmes Fleisch drückte sich an mich, und ich ließ die Hände zu ihrem Rücken gleiten, um den BH zu öffnen. Er gesellte sich zum Rest ihrer Kleidung, bevor auch der Slip folgte.

»Ich habe das leichte Gefühl, dass hier ein gewisses Ungleichgewicht bezüglich der Kleidung herrscht«, murmelte sie, während sie die Arme um meinen Hals legte.

Ich griff nach ihren Oberschenkeln und hob sie hoch, zwang sie, die Beine um mich zu legen. Ihre Hitze konnte ich selbst durch den Stoff meiner Jeans spüren.

»Und was willst du dagegen tun?«

Ihre Hände strichen über meine Oberarme, glitten über das Leder der Kutte und zogen mich daran näher zu ihr. »Eine neue Wette?« Sie leckte sich über die Lippen. »Wer als Erster einen Orgasmus hat, verliert.«

Ich konnte ein Grinsen nicht zurückhalten. Langsam fing diese Frau an, mir zu gefallen. »Der Wetteinsatz?«

»Derjenige, der gewinnt, hat beim nächsten Mal das Kommando.«

Ich starrte auf ihre Lippen. »Einverstanden.«

Dann eroberte ich ihren Mund.

Kapitel 20

Alexia

Ich überkreuzte die Knöchel hinter Raphaels Rücken. Dieses Mal war ich fest entschlossen, die Wette zu gewinnen. Ich glitt mit einer Hand zwischen unsere Körper, strich über seine Bauchmuskeln und ließ ihn dabei großzügig meine Nägel spüren. Irgendwie konnte ich mich daran gewöhnen, dass er unter seiner Kutte nichts trug.

Ich stutzte. Daran gewöhnen? Als ob ich auch nur eine Sekunde länger als nötig hierbleiben würde. Raphael war genauso wie Luar nur ein Mittel zum Zweck, auch wenn ich ihn inzwischen selbst in meinem Kopf beim Vornamen nannte. Irgendwann war diese Grenze überschritten worden.

Er biss mir in die Unterlippe und holte mich dadurch in die Gegenwart zurück.

»Du bist nicht bei der Sache«, knurrte er mich an.

»Dann musst du dir wohl mehr Mühe geben«, gab ich zurück.

Ich öffnete den Knopf seiner Jeans und glitt mit der Hand zu seinem Schwanz. Raphaels Keuchen war Musik in meinen Ohren. Mit der freien Hand umfasste ich seinen Nacken und zog seinen Mund zu mir. Mit Zähnen und Zunge nahm ich mir die Kontrolle über die Situation und genoss dabei seinen herben Geschmack nach Bier und ihm selbst. Gleichzeitig verstärkte ich den Griff um seine Erektion und bewegte die Hand langsam auf und ab. Ich unterbrach den Kuss, drückte den Mund auf seinen Hals und biss ihn. Erst leicht, dann härter, bis sein leises Stöhnen mir einen Schauer über den Rücken sandte. Er roch frisch, irgendwie nach Zitrusfrüchten, gemischt mit einer herben Note wie Bourbon.

Im nächsten Moment griff Raphael nach meinem Handgelenk und knallte meinen Arm an die Wand. Schmerz ließ das Gelenk prickeln. Er schob die Jeans nach unten, und schon spürte ich seinen harten Schwanz an meiner Öffnung. Jetzt war es an mir, leise zu stöhnen, und ich bog mich ihm entgegen.

Er ließ mein Handgelenk los und umfasste dafür meinen Hals, zwang mich, seinen Blick zu erwidern, während er sich Zentimeter für Zentimeter in mich schob. Mein Mund öffnete sich wie von selbst, und ich saugte gierig mehr Sauerstoff in die Lungen.

Als Raphael endlich vollständig in mich eingedrungen war, hielt er inne, und wir sahen uns schwer atmend an. Ich spannte die Muskeln an und registrierte zufrieden, wie er scharf einatmete.

»Diesmal werde ich gewinnen«, keuchte ich zwischen zwei Atemzügen und bog den Rücken durch. Bereits jetzt überzog ein feiner Schweißfilm meine Haut, und Hitze hatte sich in meinem Unterleib gesammelt. Ich schob die Arme unter seine Kutte und drückte die Nägel in seine Haut.

Gerade als ich glaubte, verrückt zu werden, wenn er nicht endlich anfangen würde, sich zu bewegen, schlug er einen langsamen Rhythmus an, der beinahe genauso quälend war wie der Stillstand zuvor. Dabei ließ er mich niemals aus den Augen. Ich starrte in diese dunklen Tiefen, in denen ein Feuer brannte, das mir eine Gänsehaut bescherte.

Mit jeder Sekunde, die verging, sammelte sich mehr Hitze in meinem Unterleib, und als er eine Hand zwischen unsere Körper gleiten ließ und über meine Klit rieb, fürchtete ich um meinen Gewinn.

Sein quälend langsamer Rhythmus sorgte dafür, dass ich mich ihm mit jedem Stoß unwillig entgegenbog. Noch mehr forderte. Mir lag sogar schon ein Flehen auf der Zunge, aber ich konnte mich gerade noch beherrschen. Stattdessen grub ich die Nägel noch tiefer in seine Schultern, zog die Hände seinen Rücken hinunter, bis ich sicher sein konnte, dass ich dabei Spuren hinterließ. Ich wiederholte die Bewegung und genoss Raphaels Knurren, als ich Feuchtigkeit an meinen Fingerspitzen fühlte. Endlich war es einmal er, der blutete.

Dann zog er das Tempo etwas an und trieb sich schneller und härter in mich. Ich ließ den Kopf gegen die Wand sinken und schloss die Augen, um mich ganz auf das Gefühl von Raphaels Schwanz zu konzentrieren. Ich spannte die Muskeln an, um ihn noch intensiver zu spüren, und sein unterdrückter Fluch zauberte mir ein kleines Lächeln auf die Lippen.

Ein Prickeln schoss durch meinen Unterleib, meine Lippen öffneten sich. Ich schlug die Augen auf und griff nach Raphaels Kutte, zog ihn mit einem Ruck ganz nah an mich heran. Unsere Lippen berührten sich beinahe, unser Atem vermischte sich, unsere Blicke verhakten sich ineinander.

»Raphael«, seufzte ich.

Bei jedem Stoß rieben meine Nippel über seine Brust, schickten kleine Elektroschocks direkt zwischen meine Beine.

»Küss mich.«

Ein Hauch von Überraschung zeigte sich in seinem Gesicht, bevor er sich in brutaler Weise über meinen Mund hermachte. Seine Zunge attackierte meine mehr, als dass er sie streichelte. Seine Zähne gruben sich in meine Unterlippe. Im Gegenzug saugte ich an seiner Zunge und spannte die Muskeln an, umklammerte seinen Schwanz.

Sein Rhythmus bekam etwas Drängendes, Härteres, während wir uns gegenseitig verschlangen, als würde unser Leben davon abhängen.

Ich spürte, wie das Kribbeln in meinem Unterleib einsetzte. Meine Haut prickelte, mein Schoß zog sich verlangend zusammen.

Zane verstärkte in diesem Moment den Druck auf meinen Hals, und von einem Moment zum anderen war der Sauerstoff weg. Ich starrte ihn mit leicht geöffnetem Mund an. Seine dunklen Augen waren ein einziges dunkles Versprechen. Mein Körper rebellierte. Ich bäumte mich gegen ihn auf. Lust und Sauerstoffmangel kämpften miteinander.

Meine Lungen brannten. Kleine Punkte tanzten am Rand meines Sichtfelds. Und Raphael hörte nicht auf, sich wie ein Besessener in mich zu rammen. Meine Hände legten sich auf seinen Unterarm, und ich bohrte die Nägel in seine Muskeln. Ich spürte bereits die Ruhe, die Stille, die am anderen Ende auf mich wartete.

Meine Nägel durchbrachen seine Haut. Sein Blut glänzte auf meiner Haut. Raphaels Kiefermuskeln spannten sich an. Mein Unterleib zog sich verlangend zusammen. Der Orgasmus überrollte mich. Raphael löste den Griff um meinen Hals, atmete in dem Moment aus, in dem ich meinen ersten tiefen Atemzug nahm, hauchte mir wieder Leben ein. Wir sahen uns in die Augen, während ich keuchend Luft in meine Lungen saugte. Ich hörte sein tiefes Knurren und konnte seinen Schwanz in mir zucken fühlen.

Danach war nichts außer unseren hektischen Atemzügen zu hören. Sein Duft füllte meine Lungen, und ich ließ den Kopf gegen die Wand sinken, schloss leise seufzend die Augen.

»Unentschieden«, flüsterte ich.

Er lachte leise an meinem Hals. »Unentschieden«, stimmte er zu.

Einen Moment lang blieben wir noch verbunden, bevor er sich aus mir zurückzog und mich wieder auf die Füße stellte. Ich fuhr mir mit den Fingern durch die Haare, bevor ich mich an ihm vorbeidrückte. »Ich geh duschen«, rief ich noch über die Schulter, bevor ich im oberen Stockwerk verschwand und dabei ignorierte, wie gut sich der Sex mit ihm anfühlte.

Wir saßen auf der Couch und aßen Pizza, als es an der Tür klopfte.

»Erwarten wir Besuch, Schatz?«, fragte ich süßlich und klimperte übertrieben mit den Wimpern.

Raphael warf mir einen komischen Blick zu, bevor er sich von der Couch schälte und zur Tür ging. Er kam mit einem schlaksigen, dunkelhäutigen Kerl mit kahlrasiertem Schädel zurück, der einen Rucksack über der Schulter und eine Sonnenbrille mit verspiegelten Gläsern trug.

Ich warf einen Blick nach draußen, wo die Sonne bereits untergegangen war. »Bisschen dunkel für eine Sonnenbrille, oder, Herzchen?«, fragte ich den Neuankömmling, der mich aber keines Blickes würdigte.

Sie verschwanden in der angrenzenden Küche, und ich knabberte an meinem Pizzastück, während ich sie beobachtete. Der Neue zog einen dicken Umschlag und ein Handy, das mir verdächtig bekannt vorkam, aus dem Rucksack und gab beides an Raphael.

Sie sahen sich an, und der Neue schüttelte einmal den Kopf.

»Nichts gefunden?«, fragte Raphael, worauf ein erneutes Kopfschütteln folgte.

Ich hüpfte von der Couch und gesellte mich zu ihnen an die Anrichte, wo ich nach dem Handy griff, das Raphael aber ganz schnell aus meiner Reichweite brachte.

»Ich dachte, wir hätten einen Deal?«, fragte ich.

Er sah mich einen langen Augenblick an, bevor er den Umschlag zu mir rüberschob und mir das Handy übergab. Ich hatte zwei verpasste Anrufe von Luar.

Dass mein Handy zwischenzeitlich in den Händen anderer gewesen war, störte mich nicht weiter. Ich hatte eine geradezu obszön unverschämte Summe dafür gezahlt, dass man dem Ding keine Informationen entlocken konnte, außer man kannte den Code. Und den hatte nur ich.

Schnell schickte ich ihm eine Nachricht, dass ich mich mit ihm treffen wollte, bevor ich mir den Umschlag schnappte und das Geld zählte.

»Fünfzigtausend. Sehr großzügig, die Herren.« Ich sah die beiden grinsend an, was mir ein Augenrollen von Raphael einbrachte.

»Spades will, dass du ihn anrufst«, sagte der Neue, und seine Stimme klang überraschend weich.

Raphael nickte, und der Mann schulterte seinen Rucksack und verschwand durch die Eingangstür.

»Lass mir noch was von der Pizza übrig«, meinte Raphael, bevor er nach oben verschwand, um wahrscheinlich Spades anzurufen.

Da ich nichts Besseres zu tun hatte, pflanzte ich meinen Hintern wieder auf die Couch.

Ich knabberte gerade an meinem nächsten Stück Pizza, als mein Handy vibrierte. Ich las die eingegangene Nachricht. Luar wollte sich am kommenden Mittag mit mir treffen. Seufzend warf ich das Handy auf den Couchtisch und wartete auf Raphaels Rückkehr.

Ich sah mich um, wie ich in bequemer Kleidung ganz entspannt auf der Couch im Haus des Präsidenten eines Motorradclubs saß und mir mit ihm eine große Pizza teilte. Was zum Teufel stimmte denn nicht mit mir?

Kapitel 21

Alexia

»Ich verschwinde dann jetzt«, sagte ich zu Raphael und streckte die Hand aus, damit er mir die Schlüssel für mein Bike gab. Wir hatten es am Tag zuvor, nachdem wir meine Sachen aus dem Hotel geholt hatten, eingesammelt und vor seinem Haus geparkt.

»Wirst du deinen ehemaligen Auftraggeber heute mitbringen?«

Darüber hatte ich mir auch schon Gedanken gemacht. Wie sollte ich Raphael lange genug hinhalten, damit ich Luar genügend Informationen geben konnte, um meine zweite Rate von ihm zu kassieren, ohne dass Raphael misstrauisch wurde? Das würde kniffig werden.

»Nein.«

Er sah mich fragend an, und ich zuckte mit den Schultern. »Ich muss erst einen günstigen Moment abwarten. Es sind immer Bodyguards dabei, und ich würde gern ein unnötiges Blutvergießen vermeiden.«

»Ich sollte dich begleiten.«

Ich rollte mit den Augen. »Entweder wir ziehen das hier auf meine Weise durch oder ich verschwinde. Und nehme deine Fünfzigtausend mit mir.«

Er kam auf mich zu, und automatisch ging ich rückwärts. Mein Rücken prallte gegen die nächste Wand, und Raphael schloss die Lücke zwischen uns. Sein Blick fiel auf die blauen Flecken, die meinen Hals zierten. Seine Fingerabdrücke, die sich wie ein Halsband um meine Kehle schlossen.

Er beugte sich ganz nah zu mir, bis sein Atem die feinen Härchen in meinem Nacken kitzelte. »Vergiss nicht, wer hier das Sagen hat.«

Seine Hände legten sich auf meine Rippen. Hart. Fest. Mit eindeutig mehr Druck, als nötig gewesen wäre, um mich hier festzuhalten. Ich konnte das Gefühl nicht unterdrücken, dass er mir in diesem Moment am liebsten die Rippen gebrochen hätte. Und während ich so seine Oberarme betrachtete, war ich mir auch sicher, dass er es schaffen konnte. Ich schluckte.

»Solltest du versuchen, zu flüchten, werde ich kommen und dich suchen. Ich werde dich jagen, Red Reaper.« Seine Zunge strich über meine Wange. »Und ich werde dich finden.«

Das war Versprechen und Drohung zugleich. Und er musste gar nicht erst hinzufügen, was er dann mit mir tun würde. Ich wusste auch so, dass ich es am Ende nicht überleben würde. Man wurde schließlich nicht zum Präsidenten eines MCs, indem man Gnade zeigte.

Seit Raphael am Abend zuvor nach oben verschwunden war, um zu telefonieren, hatte er verdammt schlechte Laune. Und das ging mir langsam auf die Nerven.

»Ich gehe alleine«, gab ich kühl zurück. »Ich schleppe doch nicht deinen mehr als auffälligen Bikerarsch mit mir herum, ruiniere damit meine Tarnung und sorge dafür, dass der Auftraggeber auf Nimmerwiedersehen verschwindet.«

»Auffällig?« Seine Tonlage hatte sich von düster zu neugierig gewandelt. Der Druck auf meinen Rippen ließ nach.

Ich deutete auf seine nackte Brust, die Tattoos und generell seine große, muskulöse Gestalt. »Auffällig eben.«

Ein flüchtiges Grinsen erschien auf seinem Gesicht, bevor es wieder seinen ursprünglichen stoischen Ausdruck annahm.

»Und jetzt gib mir meine Schlüssel, Archangel.«

Raphael zögerte, aber schließlich griff er in die Tasche seiner Jeans und zog meine Schlüssel hervor. »Lass mich nicht zu lange warten.« Er trat zurück, entließ mich aus dem Käfig, den sein Körper gebildet hatte.

»Bis später, Schatz«, flötete ich. Ich genoss es viel zu sehr, diesen Mann aufzuziehen.

»Übertreib es nicht, Reaper«, murrte er, aber ich sah, wie seine Mundwinkel nach oben zuckten.

Ich hielt vor demselben Hotel, in dem wir uns auch beim ersten Mal getroffen hatten. In der eleganten Lobby erregte ich mit meinen schweren Bikerboots, der zerrissenen Jeans und der Lederjacke dieses Mal doch ein wenig mehr Aufsehen. Aber ich ignorierte die fragenden Blicke und betrat den Aufzug. Bevor ich Raphael verlassen hatte, hatte ich mir noch einen Schal geschnappt, um die Male auf meinem Hals zu verbergen.

Dieses Mal fuhr ich nur in die dritte Etage. Ich klopfte an der Tür, und ein leichtes Déjà-vu-Gefühl überkam mich, als mir schon wieder derselbe Bodyguard öffnete und mich mit Blicken abtastete.

»Lass sie rein«, drang Luars Stimme aus dem Zimmer, er klang angefressen, und der Bodyguard machte mir Platz.

»Danke, Süßer.« Ich zwinkerte ihm zu.

Drinnen begrüßte mich der typische Charme eines gehobenen Hotelzimmers. Helle Möbel, dunkle, flauschige Teppiche, viel Glas. Ein Balkon mit Blick auf die Stadt, der derzeit von halb transparenten Vorhängen verdeckt war. Luar saß auf der Couch und hatte eine Waffe auf mich gerichtet. Ich konnte mir gerade noch ein Augenrollen verkneifen.

»Wo zum Teufel warst du?«, knurrte er.

»Wirklich?« Ich stützte die Hände in die Hüften. »Nach allem, was du so über mich gehört haben dürftest, hältst du es dennoch für eine kluge Idee, eine Waffe auf mich zu richten?«

Er grinste mich an. »Wir sind zu dritt. Du alleine. Deine Chancen stehen denkbar schlecht.«

Ich lächelte. »Wollen wir es ausprobieren?« Ich wollte wirklich, dass er ja sagte. Dann konnte ich etwas von meinem Frust über diese ganze Situation an ihm und seinen Jungs auslassen.

Zu meiner Enttäuschung ließ Luar die Waffe sinken, und ich setzte mich in den Sessel, der neben der Couch stand.

»Du arbeitest jetzt seit einer Woche für mich, und ich habe noch nichts von dir. Rein gar nichts.«

Ich sah mich betont gelangweilt in dem Zimmer um. »Hast du schon mal versucht, dich in einen Motorradclub einzuschleusen? Die sind nicht besonders freigiebig mit ihren Informationen.« Ich sah Luar an. »Aber wenn du unzufrieden bist, kannst du dich gerne selber darum kümmern.« Ich konnte sehen, wie Wut in ihm brodelte, also setzte ich nach. »Und hör auf, mich ständig anzurufen. Du bist nicht mein verdammter Babysitter. Wenn ich was für dich habe, melde ich mich.«

Seine Hand zuckte in Richtung der Waffe, und ich lechzte förmlich danach, dass er sie ergriff. Dann könnte ich seinem auf Hochglanz polierten Gesicht ein paar Kratzer hinzufügen. Stattdessen nahm er nur einen tiefen Atemzug und warf mir einen entschuldigenden Blick zu. Ich hielt mich gerade noch von einem Stirnrunzeln ab, da ich ihm diesen Blick nicht abkaufte.

»Also, wieso wolltest du dich mit mir treffen?«, fragte er.

»Ich konnte mich ein wenig im Clubhaus umsehen. Ich dachte, dass dich das interessiert.«

Er beugte sich vor und stützte die Unterarme auf den Knien ab. »Erzähl mir alles.«

Ich schilderte Luar den Grundriss des Gebäudes, ließ dabei aber ein paar Details aus. Warum genau konnte ich selbst nicht sagen. Und natürlich erwähnte ich nicht, dass ich inzwischen bei Raphael eingezogen war.

Am Ende meiner Ausführungen nickte er und wirkte deutlich zufriedener als zu Beginn unseres Treffens.

Ich erhob mich. »Ich verschwinde dann wieder.«

»Lass mich dieses Mal nicht wieder so lange warten, Red Reaper«, rief Luar mir hinterher.

Ich ignorierte sowohl ihn als auch seinen herablassenden Tonfall.

Als ich schon die Hand zur Türklinke ausstreckte, bemerkte ich eine Bewegung aus dem Augenwinkel.

Im letzten Moment riss ich den Arm hoch, und die Faust des Bodyguards krachte gegen meinen Unterarm. Der Schmerz jagte bis hinauf in meine Schulter.

Da ich mich dieses Mal nicht auf das Überraschungsmoment verlassen konnte wie bei Spades, musste ich mich auf Schnelligkeit verlegen. Ich wirbelte einmal herum und trat gegen sein Knie. Ich vernahm ein befriedigendes, knackendes Geräusch, und der Bodyguard sank auf den Boden. Ich spürte seinen Kumpel hinter mir und griff nach den Schultern des Bodyguards vor mir, holte Schwung und schlug quasi ein Rad über seinen Kopf. Sobald meine Füße wieder den Boden berührten, zog ich die Waffe aus seinem Schulterholster und knallte ihm den Griff gegen die Schläfe. Nummer eins sackte bewusstlos zu Boden.

Ich kostete den Moment nicht lange aus, denn da gab es ja noch Nummer zwei. Ich riss die Waffe hoch, aber er schlug sie mir aus der Hand. Mit mehr Schnelligkeit, als ich ihm zugetraut hätte, sprang er über seinen Kumpel hinweg und knallte mich mit dem Rücken gegen die Wand. Ich hörte Glas splittern und spürte heißen Schmerz im Nacken.

Der Idiot hatte es doch tatsächlich geschafft, eins der wenigen Bilder im Raum zu treffen, und jetzt bohrte sich mir eine Glasscherbe in die Haut.

Er holte aus und schlug mir mit der Faust ins Gesicht. Schmerz explodierte auf meiner rechten Gesichtshälfte, und ich schmeckte Blut.

Er grinste mich zufrieden an, und ich tat so, als hätte er mich dazu gebracht, aufzugeben. Meine Muskeln wurden schlaff, und ich ließ mich in seinem Griff hängen.

»Das wird dir eine Lehre sein, mich warten zu lassen, Red Reaper«, erklang Luars Stimme. »Jetzt lass sie los.«

Bodyguard Nummer zwei ließ mich los und machte einen Schritt zurück.

Das war mein Zeichen.

Blitzschnell zog ich das Messer, das ich an einer Scheide an meinem Gürtel trug. Mit einer einzigen fließenden Bewegung schnitt ich dem Typen einmal quer über die Brust. Es war ein präziser, tiefer Schnitt, und binnen eines Wimpernschlags quoll Blut hervor. Eine Menge Blut. Nummer zwei sah mich ein paar Sekunden lang überrascht an, bevor er schmerzerfüllt aufstöhnte.

Ich wischte mir mit dem Daumen über die Lippe und starrte das Blut an, das sich leuchtend rot gegen meine helle Haut abhob. Ich leckte es ab, genoss den süßlich, kupfernen Geschmack. Dann sah ich Luar an. Er hielt mit zitternden Fingern eine Waffe auf mich gerichtet.

»Zwing mich nicht dazu, euch alle umzubringen«, sagte ich mit kalter Stimme.

Es dauerte einen Moment, aber dann ließ er die Waffe sinken. »Steht unser Deal noch?«, fragte er, und ich konnte deutlich die Angst in seiner Stimme hören.

»Ja. Aber wenn du noch einmal so eine Nummer abziehst, dann werde ich dich töten.«

Ich wartete seine Reaktion nicht ab, sondern drehte mich einfach um und verließ das Hotel so schnell wie möglich.

Nach meinem Besuch bei Luar war ich noch einige Zeit lang umhergefahren. Ich hatte mit mir selbst gehadert, ob ich zu Raphael zurückkehren sollte oder nicht. Das hier war meine Gelegenheit, zu flüchten. Allerdings würde mir dadurch verdammt viel Geld durch die Lappen gehen, denn von Luar bekam ich noch mehr als von Raphael. Und wenn ich von dort verschwand, konnte ich Luar keine Informationen mehr liefern. Außerdem hatte ich noch immer Raphaels Worte im Ohr.

Also fuhr ich jetzt doch wieder vor seinem Haus vor. Ich hatte gerade den Motor abgestellt, als die Haustür krachend aufgestoßen wurde und ein äußerst wütender Raphael auftauchte. Mit schnellen Schritten kam er auf mich zu.

»Wo zum Teufel bist du gewesen?«, brüllte er mich an.

Das schien heute die Frage des Tages zu sein. In aller Ruhe nahm ich den Helm ab, worauf er noch wütender zu werden schien.

»Was ist das verdammt noch mal?« Anklagend deutete er auf mein Gesicht, und ich brauchte einen Moment, bis ich verstanden hatte, dass er die geplatzte Lippe meinte. Meine Unterlippe musste inzwischen ja ganz wunderbar aussehen. Schließlich waren die Verletzungen, die er mir zugefügt hatte, auch noch nicht verheilt. Vielleicht hatte sich auch schon ein nicht allzu dezenter Bluterguss gebildet.

Genervt schob ich mich an ihm vorbei. »Geh mir nicht auf den Keks, Zane.«

Ich hatte gerade die Haustür hinter mich gebracht, als er mich einholte und gegen die Wand knallte. Ich keuchte, bevor ich ihn wütend anfunkelte.

»Scheiße, was soll der Mist?« Ich schlug seine Hand weg. »Warum schubsen mich heute alle durch die Gegend?«

Sein Gesichtsausdruck wurde noch finsterer. »Wer hat dich durch die Gegend geschubst?«

»Lass mich durch«, knurrte ich unwillig und wollte mich an ihm vorbeischieben. Aber er hatte offenbar andere Pläne, denn seine Hand schloss sich um meinen Hals, und er drückte mich zurück.

»Sieh mich an.« Er zwang mich, seinen Blick zu erwidern.

Ich starrte in seine dunklen Augen.

»Und jetzt erzählst du mir, was verdammt noch mal passiert ist, seit du deinen Arsch zur Tür rausbewegt hast!«

»Weißt du was, Raphael? Fick dich! Wir haben einen Deal, und ich habe nur deswegen zugestimmt, bei dir zu wohnen, weil es mir gerade in den Kram passte. Aber ich scheiß auf dich! Ich scheiß auf dein Geld und diesen verfickten Auftrag! Ich habe keinen Bock mehr auf diesen Mist!«

Ich riss das Knie hoch, rammte es ihm in die Eier und verpasste ihm einen heftigen Schlag gegen die Brust.

Er taumelte nach hinten und krümmte sich vor Schmerz zusammen. Ich stürmte an ihm vorbei und die Treppe hoch. Dort knallte ich die Tür zu *meinem* Zimmer hinter mir zu. Sie würde ihn nicht abhalten, aber es gab mir ein gutes Gefühl. Ich schüttelte die Lederjacke ab und warf meine Waffen aufs Bett. Dann löste ich den straffen Zopf und fuhr mir mit beiden Händen durch die Haare. Mit geschlossenen Augen nahm ich einen tiefen Atemzug und versuchte, mich zu beruhigen. Ich wusste auch nicht, warum ich auf einmal so aus der Haut gefahren war, aber ich konnte es einfach nicht leiden, wenn man mich herumkommandierte.

Als ich meinen Nacken berührte, zuckte ich zusammen. Ach ja, den Schnitt dort hatte ich glatt vergessen. Ich wollte mich gerade nach einem Spiegel und etwas, mit dem ich die Wunde versorgen konnte, umsehen, als die Tür mit einem lauten Knall gegen die Wand schlug. Ich wirbelte auf dem Absatz herum und starrte in Raphaels wütendes Gesicht.

»Du bist zu weit gegangen, Miststück.«

»Wirklich? Und was wirst du jetzt tun, Arschloch?«

Er machte sich gar nicht erst die Mühe, mir zu antworten. Stattdessen stürzte er sich auf mich. Ich versuchte auch gar nicht erst, auszuweichen, sondern machte einen Schritt auf ihn zu und schlug ihm seitlich gegen den Hals. Raphael knurrte und fing blitzschnell meine Hände ein. Ich wehrte mich gegen ihn, versuchte, ihm ein Bein zu stellen, aber alles, was ich erreichte, war, dass wir beide zu Boden knallten. Er drehte sich um, sodass er auf den Rücken fiel, während ich auf ihm landete. Raphael gab einen Schmerzenslaut von sich, rollte uns aber im nächsten Moment herum, sodass ich jetzt doch wieder unter ihm lag.

Meine Hände trafen hart über mir auf den Holzfußboden, und ich funkelte Raphael wütend an.

»Ich schwöre, wenn du mich nicht sofort loslässt, wirst du es bereuen.«

»Ich bereue bereits, dich alleine aus dem Haus gelassen zu haben.« Er starrte mir auf den Mund. »Was ist mit deiner Lippe passiert?«

Ich sah so etwas wie Sorge über sein Gesicht huschen und hielt in meiner Gegenwehr inne. War er etwa ernsthaft besorgt um mich? Ich studierte den düsteren Ausdruck in seinen Augen. Er ließ meine Hände los und umfasste sanft mein Gesicht, sein Daumen streichelte vorsichtig über die kleine Wunde.

»Was ist passiert, Reaper?«

Ich zuckte bei dem Kosenamen zusammen. Er machte sich wirklich Sorgen um mich. Ich schien ihm etwas zu bedeuten. Und das legte mich mehr lahm, als es irgendwelche Fesseln gekonnt hätten. Ich hatte erst jahrelang auf der Straße gelebt, dann hatte ich eine Weile ein scheinbar liebevolles Heim gehabt, nur um wieder auf der Straße zu enden. Ich wusste nicht, wie es sich anfühlte, wenn ich jemandem etwas bedeutete. Alles, was ich geglaubt hatte, über Gefühle zu wissen, war eine Lüge gewesen. Deswegen hatte ich nicht die geringste Ahnung, wie ich mit Raphaels Verhalten umgehen sollte.

»Mir geht es gut.«

»Ich weiß.« Er hauchte einen Kuss auf meine Wange. »Du bist stark. Trotzdem möchte ich wissen, was passiert ist.«

Ich seufzte. »Du wirst mich nicht gehen lassen, bis ich es dir gesagt habe, oder?«

»Richtig.«

»Also gut. Mein Auftraggeber war nicht so begeistert, dass ich mich nicht bei ihm gemeldet habe. Als unser Treffen bereits beendet war, haben mich seine Bodyguards angegriffen. Er schien sich genötigt gefühlt zu haben, mir seinen Unmut deutlich zu machen.«

»Wie ist die Sache ausgegangen?«

»Ich habe einen Cut in der Lippe und vermutlich einen Schnitt im Nacken. Ein Bodyguard hat ein zerschmettertes Knie, der andere einen langen, tiefen Schnitt quer über der Brust.« Ich fuhr mit dem Finger in einer geraden Linie einmal über Raphaels Oberkörper. »Und mein Auftraggeber musste vermutlich danach seine Unterhose wechseln.«

Er grinste mich an, bevor er aufstand und mich mit sich zog. »Du gehst jetzt duschen. Dann kümmer ich mich um deine Wunden.«

Da ich immer noch nicht wusste, wie ich mit diesem netten, fürsorglichen Raphael umgehen sollte, drehte ich mich um, ging in sein Schlafzimmer und verschwand im angrenzenden Bad. Ich drehte das Wasser auf, zog mich aus und stellte mich unter den heißen Wasserstrahl. Mit geschlossenen Augen lehnte ich die Stirn gegen die kühlen Fliesen.

Was zum Teufel passierte hier?

Kapitel 22

Raphael

Ich saß auf meinem Bett, einen Erste-Hilfe-Kasten neben mir, und wartete auf Jane. Seit ich gestern mit Spades telefoniert und er mir gesagt hatte, dass die Saints sich für einen Kampf bereit zu machen schienen, war meine Laune auf den Tiefpunkt gesunken. Allerdings hatte sie ein rekordverdächtiges Tief erreicht, als Jane den Helm abgenommen und ich den Cut in ihrer Unterlippe gesehen hatte. Warum mir das etwas ausmachte, wollte ich wirklich nicht ergründen. Und als sie dann auch noch so abwehrend auf mich reagiert hatte, war mir endgültig eine Sicherung durchgebrannt.

Ich wusste, dass ich in diesem Moment im Clubhaus sein müsste, um mit Spades eine Strategie zu diskutieren, um herauszufinden, was die Saints vorhatten. Stattdessen saß ich auf dem Bett und wartete darauf, die Wunden einer Frau zu versorgen, die mich wahrscheinlich bei nächster Gelegenheit hintergehen würde.

Die Tür zum Badezimmer ging auf, und eine nur in ein Handtuch gehüllte Jane kam heraus. Mein Blick glitt über ihren kaum verhüllten Körper, die vom Duschen gerötete Haut mit den schönen Tattoos, die vom Wasser jetzt dunkelroten Haare, die sie zurückgekämmt hatte, und diese strahlend grünen Augen, die mich mit jeder Stunde mehr in ihren Bann zu ziehen schienen.

Ich klopfte neben mir auf die Matratze. »Setz dich«, kommandierte ich.

Auf leisen Sohlen kam sie zu mir herüber und ließ sich auf der Bettkante nieder. Ich nahm mir einen Tupfer und tränkte ihn mit Desinfektionsmittel. Vorsichtig umfasste ich ihr Kinn und drehte ihr Gesicht zu mir. Ganz sanft betupfte ich den Schnitt in der Unterlippe. Ich war mir sicher, dass es brennen musste, aber sie zuckte nicht einmal zusammen. Stattdessen hielt sie den Blick gesenkt, und ihr Atem strich sacht über meine Haut.

»Jetzt der Nacken.«

Sie drehte den Oberkörper und strich sich das Haar über die Schulter. Zwei Schnitte zierten ihre Haut, der eine kaum erkennbar, der andere größer und ein wenig tiefer. Aber nichts, was nicht bald wieder verheilt sein würde. Auch hier betupfte ich die Wunden mit dem Desinfektionsmittel und strich noch etwas Salbe auf die Haut.

»Fertig«, murmelte ich leise.

Ich verstaute die Sachen wieder in dem Erste-Hilfe-Kasten und legte den benutzten Tupfer auf den Nachttisch. Ich spürte ihren Blick auf mir, und als ich ihr in die Augen sah, glitzerten sie verdächtig. Waren das etwa Tränen? Bevor ich mir sicher sein konnte, blinzelte sie und beugte sich zu mir. Ganz sacht strichen ihre Lippen über meine. Es war nicht mehr als der Hauch einer Berührung, und dennoch elektrisierte es mich bis ins Innerste.

»Jane«, sagte ich, einen fragenden Unterton in der Stimme.

Sie schüttelte den Kopf, legte mir einen Finger auf die Lippen. »Sch, nicht.« Sie drehte sich zu mir, schwang ein Bein über meinen Schoß und setzte sich auf mich. Ihre Hände strichen über die offene Sweatjacke, die ich trug, und streiften sie mir ab. Ihre Arme legten sich um meinen Nacken. Wie automatisch umfasste ich ihre Hüften, streichelte sie durch das Handtuch hindurch.

Erneut fanden ihre Lippen meine, und dieser Kuss war anders als all unsere bisherigen Küsse. Er war sanft, einladend. Mehr eine Frage als eine Aufforderung. Ihre Zunge fuhr über meine Lippen, bevor Jane sanft an ihnen knabberte. Dann eroberte sie meinen Mund. Ich schmeckte ihren eigenen Geschmack und Pfefferminz von der Zahnpasta. Sanft wiegte sie sich auf mir, und mein Schwanz reagierte prompt. Das Wissen, dass sie unter dem Handtuch nackt war, half mir auch nicht gerade dabei, mich zu beruhigen.

Jane streichelte meinen Nacken und saugte an meiner Zunge. Meine Hände glitten unter das Handtuch, umfassten ihren Hintern. Ich drückte sie gegen meine Erektion, und wir beide stöhnten leise.

Plötzlich unterbrach sie den Kuss und glitt von meinem Schoß auf den Boden. Ihre Hände öffneten den Knopf meiner Jeans, und ich half ihr dabei, sie mir über die Beine zu streifen. Mein Schwanz sprang ihr entgegen, und meine Muskeln spannten sich vor Erregung an. Ihre zarte Hand schloss sich um meine Erektion, und ich holte zischend Atem. Ganz langsam beugte sie sich über mich. Kurz bevor ihre Lippen mich berührten, hob sie den Blick. Sie hielt meinen Blick gefangen, als ihre Zunge hervorschnellte und ganz langsam über die Spitze strich. Ich atmete zischend ein. Ihr Mund senkte sich über mich, und sie nahm mich Zentimeter für Zentimeter in den Mund. Ich wollte die Augen schließen, um mich ganz auf das Gefühl ihrer heißen Zunge auf meiner Erektion zu konzentrieren, aber ich konnte einfach nicht den Blick von ihren strahlend grünen Augen abwenden.

Sie saugte an mir, während sie ihren Mund auf mir auf und ab bewegte. Ich spürte bereits das Kribbeln in den Eiern, aber es fühlte sich einfach zu gut an, als dass ich das Vergnügen jetzt schon unterbrechen wollte. Aber als sie die Hand ausstreckte und meine Eier umfasste, sie sanft massierte, konnte ich es keine Sekunde länger aushalten. Ich fasste sie unter den Schultern, zog sie zu mir hoch und setzte sie auf meinen Schoß. Ein sanfter Ruck, und das Handtuch segelte zu Boden.

Ich umfasste ihre vollen Brüste und strich mit den Daumen über ihre Nippel. Jane stöhnte kehlig, bog den Rücken durch, bot sich mir dar. Schon hatte sie sich auf den Knien aufgerichtet und sich über meiner Erektion positioniert. Ganz langsam ließ sie sich auf mich gleiten, und ich legte den Kopf in den Nacken. Ihre heiße Pussy fühlte sich einfach unglaublich gut an. Als wäre sie für mich gemacht worden.

Jane begann einen beinahe vorsichtigen Rhythmus, während ich weiter ihre Brüste massierte. Ich hob den Kopf wieder und senkte den Mund auf ihren Hals, saugte an der Stelle direkt über ihrem wild schlagenden Puls. Sie wimmerte leise, und das Geräusch war wie Musik in meinen Ohren. Ich wanderte mit den Händen über ihre Rippen zu ihrem Rücken, streichelte jeden Zentimeter Haut, den ich erreichen konnte. Sie war so weich und einladend, dass ich gar nicht genug bekommen konnte.

Meine Haut prickelte überall, wo sie mich berührte. Jedes Mal, wenn sie sich wieder auf mich herabsenkte, hob ich ihr das Becken entgegen, stieß meinen Schwanz tief in sie.

Als ich die ersten Zuckungen ihrer Muskeln fühlte, brachte ich den Mund an ihr Ohr, biss sie sanft ins Ohrläppchen. »Komm für mich.«

Sie stöhnte laut, und ich spürte, wie sich ihre Pussy um meinen Schwanz herum verkrampfte. Der Orgasmus spülte über sie hinweg, ließ sie in meinen Armen zittern. Ich umfasste ihre Hüften, stieß sie hart auf mich. Meine Eier zogen sich zusammen, und ich entlud mich tief in ihr. Welle über Welle des Höhepunkts rollte über mich hinweg, bis ich schließlich schwer atmend die Stirn auf ihre Schulter legte.

Sie roch nach meinem Duschgel und ihrem eigenen Duft von Jasmin und Vanille. Mein Atem ging schnell. Ich legte die Arme um Jane, zog sie näher an mich heran. Ich genoss das Gefühl ihrer warmen Haut und ihrer weichen Kurven an mir. Obwohl sie nur wegen des Auftrags hier war. Obwohl ich nicht einmal ihren wahren Namen kannte. Fuck. Ich wusste ja nicht einmal, wie alt sie war oder wo sie aufgewachsen war. Ich wusste gar nichts über diese Frau.

Ich umfing sie fester und drückte sie an mich. Das war der Moment, in dem Jane sich verkrampfte. Die Entspannung wich aus ihrem Körper wie ein Atemzug, und bevor ich sie davon abhalten konnte, stieg sie von meinem Schoß und griff nach dem Handtuch. Sie wickelte es um ihren Körper und vermied es dabei, mir ins Gesicht zu sehen.

»Jane …«, setzte ich an, aber sie unterbrach mich.

»Danke, dass du mir mit den Schnitten geholfen hast.« Damit drehte sie sich um und verschwand im Nebenzimmer.

Ich saß noch eine ganze Weile auf dem Bett und starrte die geschlossene Tür an, bevor ich mich anzog, mir meine Schlüssel schnappte und das Haus verließ.

Kapitel 23

Alexia

Als ich das Geräusch von Raphaels sich entfernender Maschine hörte, streifte ich das Handtuch ab, zog mir Leggins und Tanktop an und verließ mein Zimmer. Ich starrte auf sein Bett, und mein Kopf spielte mir dankenswerterweise die letzten Szenen noch einmal vor. Warum hatte er meine Wunden versorgt?

Ich war jetzt neunzehn Jahre alt und öfters verletzt worden, als ich mich erinnern konnte, und dennoch hatte mir noch nie jemand dabei geholfen, meine Wunden zu versorgen. Ich hatte nicht gewusst, wie ich mit dem warmen Gefühl in der Brust umgehen sollte, deswegen hatte ich ihn gefickt. Aber das hatte alles nur noch schlimmer gemacht. Denn der Sex war sanft gewesen, beinahe liebevoll. Und wie ich damit umgehen sollte, wusste ich nun wirklich nicht. Wo hatte ich mich da nur reingeritten? Wieso hatte ich nicht einfach Luars erste Rate genommen und war verschwunden? Das hätte mir vieles erspart.

Mein Blick fiel auf die graue Sweatjacke, die er getragen hatte. Aus einem Impuls heraus streifte ich sie mir über. Sein Duft füllte meine Lungen, als ich nach unten ging. Auf der Anrichte in der Küche fand ich einen Zettel.

Bin im Clubhaus. Wird spät.

Ich starrte die Notiz eine Weile an, bevor ich leise seufzte und mir eine Flasche Wasser aus dem Kühlschrank nahm. Ich entdeckte die Reste unserer Pizza und erwärmte mir zwei Stücke in der Mikrowelle. Ich aß mit der Hüfte an die Anrichte gelehnt und starrte dabei durch das Fenster nach draußen. Wir befanden uns außerhalb der Stadt, und alles, was ich sehen konnte, waren Bäume. Raphaels Haus war weit entfernt von jeglicher Zivilisation. Selbst das Clubhaus war ein Stück weit weg. Eine Flucht schien demnach nicht besonders erfolgreich zu sein. Selbst wenn Raphael mich nicht vorher wieder einfing, würde es viel zu lange dauern, bis ich wieder in der Stadt war.

Ich durfte mich nicht von diesem warmen Gefühl in der Brust ablenken lassen, das mir zuflüsterte, dass ich Raphael vertrauen konnte. Dafür gab es in meinem Leben keinen Platz. Hatte es nie gegeben und würde es auch nicht geben. Ich tat besser daran, wenn ich das nie vergaß.

Und genau deswegen musste ich dieses dämliche Gefühl jetzt abstellen und mich auf das konzentrieren, weswegen ich eigentlich hier war.

Ich war allein in Raphaels Haus. Es war an der Zeit, dass ich mir mein Geld verdiente.

Ich begann in seinem Arbeitszimmer. Allerdings fand ich dort null Komma gar nichts. Welche Überraschung. Als würde er der Polizei bei einer eventuellen Durchsuchung die gewünschten Informationen auf dem Silbertablett servieren.

Aber auch im Wohnzimmer und in der Küche fand ich nichts, weswegen ich mich schließlich in seinem Schlafzimmer wiederfand.

Aus einem Instinkt heraus legte ich mich auf den Boden und sah unter das Bett. Natürlich stand dort keine Kiste beschriftet mit »Wichtige Informationen« herum. Dafür fand ich etwas anderes: Eine Diele des Holzfußboden stand etwas weiter oben als die anderen. Es fiel eigentlich kaum auf, aber wenn man wusste, wonach man suchte, konnte man es trotzdem entdecken.

Ich robbte unter das Bett und versuchte, die Diele anzuheben. Zunächst gelang es mir nicht, und ich dachte schon, dass ich mich geirrt haben könnte. Aber dann ertönte ein leichtes Klick, und ich konnte die Diele anheben. Vorsichtig tastete ich in das Versteck hinein und zog schließlich drei Notizbücher heraus.

Mit einem triumphierenden Grinsen kam ich unter dem Bett hervor und sah mir meinen Fund an. Es sah wichtig aus. Und dass es in irgendeinem Code verschlüsselt war, den ich nicht verstand, bestätigte mir nur meinen Verdacht. Zum Glück war es nicht meine Aufgabe, die Dinger zu entschlüsseln. Ich besorgte lediglich die Informationen.

Luar würde wahrscheinlich einer abgehen, wenn er das hier sah. Und ich könnte meinen Auftrag sofort beenden, wenn ich ihm die Informationen gab.

Allerdings verkrampfte sich mein Magen auf ganz ungute Art und Weise, wenn ich daran dachte, dass Luar sie an die Secret Saints weitergeben würde. Und ich musste mich nicht einmal besonders anstrengen, um mir vorzustellen, was der verfeindete MC mit den Informationen anfangen würde.

Ich platzierte die Diele wieder an Ort und Stelle und versteckte die Notizbücher dafür im Gästezimmer.

Danach ging ich ins Wohnzimmer, setzte mich auf die Couch und starrte mein Handy an, während ich überlegte, was ich als Nächstes tun sollte.

Ich schnaubte genervt und griff nach dem Handy. Wem wollte ich eigentlich etwas vormachen? Ich war eine Söldnerin. Und wie Raphael so schön gesagt hatte, gab es nur zwei Gründe, warum ich hier war. Er wollte mich ficken, und ich hatte einen Auftrag zu erfüllen.

Ich wählte Luars Nummer und hinterließ ihm eine Nachricht, dass ich ihn sehen wollte. Dann stand ich auf, holte mir eine Flasche Wodka aus dem Gefrierfach und ließ mich volllaufen.

Ich bewegte mich. Dabei konnte ich mich nicht daran erinnern, meinen Muskeln den Befehl dazu gegeben zu haben. Das Letzte, an das ich mich erinnern konnte, waren die halb leere Wodkaflasche und die Couch. Ich hatte mich hingelegt, weil mir schlecht gewesen war, und danach nichts. Blackout. Warum also schien ich mich jetzt zu bewegen?

Ich versuchte, die Augen zu öffnen und ein Geräusch von mir zu geben. Sollte mich jemand gefunden haben? Sollte meine Vergangenheit mich eingeholt haben? Würde ich jetzt sofort die Konsequenzen dafür tragen müssen, dass ich ein einziges Mal unachtsam gewesen war?

Ich fing an, mich zu wehren. Oder versuchte es zumindest. Denn ich konnte weder die Augen richtig öffnen noch schienen Arme und Beine zu funktionieren, wie ich es mir vorstellte.

»Sch, Reaper. Alles ist gut.«

Ich kannte die Stimme. Das war Raphael.

»Wo bin ich?«, murmelte ich und hoffte, dass die Worte klar genug herauskamen, damit er mich verstehen konnte.

»Zu Hause. Du bist unten auf der Couch eingeschlafen. Ich bringe dich jetzt ins Bett.«

Mhm. Das klang logisch.

»Okay«, nuschelte ich.

Kurz danach nahm ich entfernt wahr, dass ich abgelegt wurde.

»Du musst noch etwas wach bleiben, Jane.«

Wach bleiben? Wieso sollte ich das tun? Ich war so unglaublich müde. Außerdem war mir schlecht, und mein Kopf tat weh.

»Mein Name ist nicht Jane«, murmelte ich und rollte mich auf den Rücken. Licht flammte am Rand meines Blickfelds auf, und sofort kniff ich die Augen wieder zusammen. Ich blinzelte mehrmals und versuchte zu ignorieren, dass die Helligkeit ein Loch in meinen Schädel brannte. Eine dunkle Silhouette beugte sich über mich.

»Wie lautet dein Name?«

Ich öffnete bereits den Mund, um ihm zu sagen, wie ich hieß, aber im letzten Moment erinnerte mich mein Bauchgefühl daran, dass das keine gute Idee war. Ich wusste im Moment zwar nicht, wieso, aber ich vertraute meinem Bauchgefühl.

»Geht dich nichts an«, nuschelte ich und drehte den Kopf weg.

Ich meinte so etwas wie ein Seufzen zu hören, dann verschwand die dunkle Silhouette, und ich war allein mit dem Pochen in meinem Schädel beschäftigt. Ich war gerade dabei, wieder einzunicken, als jemand mit sanfter Hand meinen Nacken umfing und meinen Kopf anhob.

»Hier, trink das.«

Ich presste die Lippen zusammen. Als ob ich einfach irgendetwas trinken würde, was man mir an die Lippen hielt. Da war wieder dieses Seufzen.

»Trink das jetzt. Ich verspreche dir, dass ich dich nicht vergiften will.«

Ich sah mit zusammengekniffenen Augen zu Raphael hoch. »Und wenn doch?«

Lag das an meinem alkoholbenebelten Verstand, oder sah er ziemlich genervt aus?

»Wenn das hier giftig ist, darfst du mir morgen früh in die Eier treten, okay?«

Das klang fair. Ich öffnete den Mund, und ein Glas wurde mir an die Lippen gehalten. Kühle Flüssigkeit mit einem leichten Zitronengeschmack strömte mir über die Zunge. Schließlich nahm Raphael mir das Glas wieder weg und bettete meinen Kopf zurück auf das Kissen.

»Jetzt schlaf.«

Ich drehte mich auf die Seite und kuschelte mich in das Bettlaken. Aber bevor ich endlich wieder einschlafen durfte, musste ich ihm noch etwas sagen, das mir auf dem Herzen lag.

»Hör auf, mich herumzukommandieren, Arschloch.«

Ich war mir nicht sicher, ob er mich verstanden hatte, aber sein raues Lachen war das Letzte, was ich hörte, bevor ich einschlief.

Kapitel 24

Raphael

Warum hatte Jane sich betrunken? Hatte sie die gefälschten Dokumente entdeckt, die ich für sie platziert hatte? Das war zwar nicht besonders nett gewesen, allerdings wollte ich testen, ob ich ihr vertrauen konnte oder nicht. Als ich letzte Nacht nachgesehen hatte, hatte es für mich nicht so ausgesehen, als hätte sie die lose Diele gefunden. Allerdings konnte sie auch einfach so gut sein, dass es mir nicht auffallen würde. Also war ich kein Stück weiter.

Und wenn sie die Sachen gefunden hatte, wieso hatte sie sich dann betrunken? Hätte sie sich nicht eher freuen sollen? Und eine halbe Wodkaflasche zu kippen war wohl nicht gerade Ausdruck purer Freude.

Was hätte ich nicht dafür gegeben, wenn ich einen Blick in ihr schönes Köpfchen hätte werfen können.

Ein Klingeln riss mich aus den Gedanken, und ich nahm mein Handy von der Anrichte in der Küche. Spades Name leuchtete mir entgegen.

»Was gibt's?«

»Wir könnten ein Problem haben.«

»Könnten?«, fragte ich und lehnte mich gegen die Küchenzeile hinter mir.

»Erinnerst du dich daran, dass ich gesagt habe, dass es vermehrte Aktivitäten der Saints gibt?«

»Ja«, knurrte ich.

»Jetzt ist einer der Anwärter sich sicher, dass er Saints in der Stadt gesehen hat.«

»In *meiner* Stadt?«, wiederholte ich.

»Es sieht ganz danach aus.«

»Ich hatte Sanders doch gesagt, dass er seinen dreckigen Arsch aus der Stadt fernhalten soll, sonst würde ich ihn abknallen.«

»Scheint, als wäre dein netter Hinweis nicht bei ihm angekommen.«

Ich seufzte und rieb mir mit der Hand übers Gesicht.

»Da gibt es noch etwas«, meinte Spades genau in diesem Moment.

Ich schloss die Augen. »Und das wäre?«

»Es gibt Gerüchte, dass die Saints sich vermehrt mit Waffen eindecken.«

An sich war das kein Problem. Jeder MC kaufte hin und wieder neue Waffen. Das taten wir auch. Dass es über die Aktivitäten der Saints jetzt allerdings schon Gerüchte gab, bedeutete, dass sie in großem Maß tätig wurden, und das war allerdings definitiv ein Problem.

»Meinst du, sie bereiten sich auf einen Angriff vor?«, fragte ich.

»Schwer zu sagen.«

»Okay, wir machen es so. Ich schnappe mir ein paar von den Jungs und werde mich umsehen. Mal schauen, was wir herausfinden können.«

»Irgendwie gefällt mir der Unterton in deiner Stimme nicht. Was ist meine Aufgabe in deinem Plan?«

»Oh, du hast eine ganz einfache Aufgabe«, sagte ich und grinste, obwohl Spades es nicht sehen konnte.

»Und das wäre?«

»Du passt in der Zeit auf Jane auf.«

»Das kann doch nicht dein Ernst sein!«

»Oh, doch.«

»Ich soll den verfluchten Babysitter spielen?«

»Du bist ja heute ganz schnell.«

»Ach, fick dich doch, Archangel.«

Ich lachte. »Schaff einfach deinen Arsch hier rüber und pass auf sie auf. Ich kann sie nicht schon wieder einen ganzen Tag alleine lassen. Hinterher findet sie doch noch irgendetwas, das sie gegen uns verwenden kann, oder nutzt die Chance und haut ab.«

»Ich kann nicht glauben, dass du mich zu einem verfickten Babysitter degradierst.«

»Oh, und bring was zu Essen mit. Sie hat vermutlich einen Kater.« Ich legte auf, da ich mir Spades‹ Genörgel wirklich nicht noch länger anhören wollte.

Danach ging ich nach oben ins Schlafzimmer. Jane lag noch immer tief schlafend auf dem Bett, den Kopf im Kissen vergraben. Sie trug meine Sweatjacke und sah darin ziemlich verletzlich aus. Natürlich würde ich ihr das niemals sagen, denn dann würde sie mir vermutlich die Augen auskratzen.

Gerade als ich die Pistolen anlegte, bewegte sie sich. Ich sah zum Bett und begegnete ihrem Blick.

»Guten Morgen, Sonnenschein«, flötete ich fröhlich und vermutlich etwas lauter, als nötig gewesen wäre.

»Fick dich, Arschloch.« Sie gab ein unwirsches Geräusch von sich und rieb sich mit den Fingern die Schläfen. »Mein Kopf explodiert gleich. Und schlecht ist mir auch.«

»Wenn du in mein Bett kotzt, musst du mir ein neues kaufen«, warf ich ein.

Jane hob eine Hand und zeigte mir den Mittelfinger. »Was ist passiert?«, fragte sie schließlich.

»Anscheinend hattest du gestern ein inniges Gespräch mit der Wodkaflasche, denn als ich nach Hause kam, hast du auf der

Couch gelegen, und die Flasche befand sich auf dem Boden neben dir. Also hab ich dich ins Bett gebracht, dir etwas Flüssigkeit und Aspirin eingeflößt und dich dann schlafen lassen.«

Das brachte sie jetzt doch dazu, mich anzusehen. »Wieso hast du das getan?« Ehrliche Verwirrung stand ihr ins Gesicht geschrieben.

»Wieso sollte ich es nicht tun?« Ich beugte mich nach unten und schlüpfte in meine Boots.

Jane blieb schweigsam.

»Hör zu, ich muss heute etwas erledigen. Gleich kommt Spades vorbei. Er wird bei dir bleiben, bis ich wieder da bin.«

»Ich brauche keinen verdammten Babysitter.«

Ich lachte. »Ihr werdet euch bestimmt super verstehen.«

Ich warf einen letzten Blick auf ihre zierliche Gestalt, wie sie so in meinem Bett lag. Ihr Haar war zerzaust, und ihr Körper war vom Schlaf bestimmt noch ganz warm. Bevor ich mich in diesen Gedanken verlieren konnte und zu ihr ins Bett steigen würde, drehte ich mich um und marschierte aus dem Zimmer.

Leider gab es wichtigere Dinge in meinem Leben als eine sexy Rothaarige in meinem Bett. Zum Beispiel die Frage, warum sich die verfickten Saints mit Waffen eindeckten und auf meinem Gebiet wilderten

Kapitel 25

Alexia

Nachdem Raphael verschwunden war, musste ich noch einmal eingeschlafen sein, denn als ich das nächste Mal wach wurde, drang der Geruch von Kaffee und Fast Food zusammen mit Musik zu mir nach oben.

Ich rollte mich herum und blinzelte gegen das helle Licht an, das ins Zimmer schien. Die Kopfschmerzen waren noch da, aber die Übelkeit war zum Glück verschwunden, weswegen ich jetzt wahrscheinlich den Versuch wagen konnte, das Bett zu verlassen.

Meine nackten Füße berührten den Boden, und ich seufzte leise, als ich das kalte Holz spürte. Ich streifte Raphaels Jacke ab und machte mich auf den Weg in mein Zimmer.

Da ich mich weder mit der Frage beschäftigen wollte, warum sich Raphael um mein betrunkenes Ich gekümmert hatte, noch warum mir das irgendwie gefiel, beschäftigte ich mich lieber damit, mir neue Kleidung zu nehmen und danach zu duschen.

Das heiße Wasser wusch die letzten Reste der Wodka-Nacht weg, und als ich schließlich in frische Kleidung schlüpfte, fühlte ich mich beinahe wieder wie ein Mensch. Ich rubbelte meine Haare so weit trocken, dass sie nicht mehr mein ganzes Shirt durchtränken würden, und ging zurück in mein Zimmer.

Leider verschwand das gute Gefühl wieder, als ich einen Blick auf mein Handy warf. Da war eine Nachricht von Luar, dass er sich heute mit mir treffen konnte. Ich stöhnte frustriert, als ich mich daran erinnerte, dass ich ihn darum gebeten hatte.

Durch die offene Tür konnte ich Raphaels Bett sehen, in dem er mich letzte Nacht hatte schlafen lassen. Wo hatte er denn überhaupt geschlafen? Vage blitzte die Erinnerung an einen warmen Körper auf, der sich an meinen geschmiegt hatte, und ich war sogar noch näher an ihn herangerutscht. Stirnrunzelnd betrachtete ich die zerwühlten Laken. Wenn ich letzte Nacht wirklich mit Raphael gekuschelt hatte, würde ich mich jetzt sofort aus dem Fenster stürzen. Ich kuschelte nicht. Niemals.

Er hatte sich um mich gekümmert. Schon wieder. Und wieso interessierte es mich überhaupt?

Als das letzte Mal jemand nett zu mir gewesen war, hatte ich danach jemanden getötet und war seitdem auf der Flucht. Keine besonders angenehme Erinnerung.

Ich starrte mein Handy böse an, als wäre es schuld an dieser ganzen Sache, bevor ich Luar schrieb, dass ich heute keine Zeit hätte und mich wieder melden würde. Danach aktivierte ich erneut die Verschlüsselung und ging nach unten.

Spades saß mit dem Rücken zu mir an der Anrichte in der Küche. Aus dem Radio drang gerade *Girls just wanna have fun*, und er summte leise zur Melodie und wippte mit dem Fuß im Takt. Ich verschränkte grinsend die Arme vor der Brust und beobachtete ihn einen Moment lang, bevor ich mich räusperte.

Er zuckte zusammen und sah mich über die Schulter hinweg an. »Verdammt, Kleine. Wir müssen dir ein Glöckchen umhängen.«

»Du sollst mich nicht so nennen, Spades.« Ich deutete mit dem Kinn zum Radio. »Hätte nicht gedacht, dass das dein Song ist.«

Spades zeigte mir den Mittelfinger, und ich musste lachen.

»Ich hab dir Frühstück mitgebracht, Kleine.«

Ich ignorierte den Spitznamen und ging zu ihm. Es würde ja doch nichts bringen, wenn ich mich weiter darüber aufregte.

Und Spades würde es dadurch nur noch mehr Spaß machen. Vielleicht würde er irgendwann damit aufhören, wenn er merkte, dass ich nicht mehr darauf reagierte.

Ich nahm mir eine Tasse Kaffee, bevor ich mich neben ihn auf einen Barhocker setzte, und öffnete die erste Papiertüte.

»Wirklich? Burger und Pommes? Zum Frühstück?«

»Hast du mal auf die Uhr gesehen? Die Zeit für Frühstück ist längst vorbei. Außerdem ist das nach deinem Saufgelage von letzter Nacht genau das Richtige.«

»Raphael hat dir davon erzählt?«

Spades zuckte vielsagend mit den Schultern. »Jetzt iss.«

Ich schob mir ein paar Pommes in den Mund und musste zugeben, dass mein empfindlicher Magen sich darüber freute. Also nahm ich mir als Nächstes den Burger. Im Hintergrund lief noch immer das Radio, und Spades summte bei jedem neuen Song die Melodie mit. Erst nach einer ganzen Weile fiel mir auf, dass er angestrengt auf sein Handy starrte, das vor ihm lag, und darauf herumtippte.

Ich beugte mich zu ihm rüber und warf einen Blick auf den Bildschirm. »Ehrlich jetzt?«

Er sah mich nicht an, sondern blickte weiter auf das Handy.

»Ein Ego-Shooter?«

In diesem Moment explodierte gerade ein Schädel, Blut lief am Bildschirm herunter, und gelbe Neonschrift verkündete, dass Spades den Level geschafft hatte.

»Was soll ich sagen? Ich kann einfach nicht aus meiner Haut.«

»Was hat das Spiel mit dir zu tun?« Ich trank einen Schluck Kaffee.

Er drückte auf Pause und sah mich von der Seite an. »Hat Archangel dir das nicht erzählt?«

Ich schüttelte den Kopf.

»Ich war bei den Marines.« Er schob den Ärmel seines T-Shirts nach oben, und ich starrte überrascht das Tattoo an. Die Erdkugel, auf der ein Adler saß und die von einem Anker durchstoßen war. Das Logo der Marines. Darunter die Worte *The few. The proud.* »Scharfschütze.«

Ich blinzelte. »Du verarschst mich doch.«

»Zwölf Jahre, Kleine.« Er legte Zeige- und Mittelfinger an die Stirn und salutierte spielerisch.

»Okay. Ich bin beeindruckt.« Ich biss von meinem Burger ab.

»Stets zu Diensten.« Er zwinkerte mir zu, und ich musste grinsen.

»Wie alt bist du überhaupt?«, fragte ich.

»Dreiunddreißig. Du?«

»Rate.«

Spades sah mich eingehend an. »Zweiundzwanzig.«

Ich schüttelte den Kopf. »Falsch.«

Er nahm mir den Burger aus der Hand und biss ein nahezu obszön großes Stück davon ab.

»Hey!« Ich versuchte, danach zu greifen, aber er musste nur den Arm nach oben strecken, und schon war der Burger aus meiner Reichweite. »Das ist mein Essen.«

»Verrat mir, wie alt du bist.«

Ich versuchte, ihn in den Boden zu starren, aber mein Blick schien einfach von ihm abzuprallen. Ich schnaufte. »Neunzehn.«

Er lachte. »Du bist ja noch ein Baby!«

»Ach, fick dich doch, Spades.«

Er bekam sich gar nicht mehr ein vor Lachen, und ich benahm mich wie jede vernünftige Erwachsene. Ich verschränkte die Arme vor der Brust und schmollte.

Irgendwann wischte er sich die Tränen aus den Augenwinkeln und sah mich an. »Wirklich süß, Kleine.« Dann aß er auch den letzten Rest meines Burgers.

»Das war nicht der Deal!«

»Ich hab nie gesagt, dass ich dir den Burger zurückgeben würde. Du musst besser zuhören.«

Ich starrte ihn an und wusste nicht, ob ich lachen oder ihn umbringen sollte. Vielleicht konnte ich ja auch einfach beides tun?

Bevor ich mich allerdings entscheiden konnte, schob Spades eine weitere Tüte auf mich zu. »Entspann dich, Killer. Hier ist noch mehr.«

»Der Name gefällt mir besser«, murmelte ich, während ich mir einen zweiten Burger nahm.

»Kann ich mir denken. Deswegen werde ich ihn auch nicht benutzen.«

Ich schlug ihm gegen die Schulter.

»Aua!« Er sah mich empört an und rieb sich über die Stelle.

»Jetzt stell dich nicht so an, du Riesenbaby.«

»Ich bin empfindlich.« Er brachte es ernsthaft fertig, eine Schnute zu ziehen.

Beinahe wäre ich vor Lachen vom Barhocker gefallen.

Spades wandte sich wieder seinem Spiel zu. »Im Kühlschrank sind übrigens auch Milchshakes«, sagte er nach einer Weile, weswegen ich ihm direkt noch einen Schlag verpasste. Auf die gleiche Stelle.

»Autsch, verdammt!« Jetzt sah er mich wirklich vorwurfsvoll an. »Wofür war das denn jetzt?«

»Warum hast du das nicht gleich gesagt? Ich liebe Milchshakes!«

Raphael

Ich zog mir den Helm vom Kopf und hängte ihn an den Lenker, bevor ich auf mein Haus zuging. Unsere Suche hatte leider nicht sonderlich viel ergeben. Wir hatten keine Saints in der Stadt entdeckt, und all meine Informanten und Waffendealer wollten angeblich nichts davon wissen, dass sich die Arschlöcher auf einen Krieg vorbereiteten. Was natürlich nicht bedeutete, dass es nicht trotzdem so war. Ich vertraute dem Anwärter. Er war zwar noch ziemlich neu, aber er war Hooks Neffe. Er würde uns nicht bescheißen. Allerdings bedeutete das auch, dass ein paar Köpfe rollen würden, sollte ich herausfinden, dass mich meine Informanten oder Dealer angelogen hatten.

Loyalität war das absolut Wichtigste für mich. Wer mich oder den Club hinterging, würde sterben. So einfach war das.

Ich folgte nicht den Regeln der normalen Gesellschaft. Sie interessierten mich nicht einmal. Allerdings nahm ich es sehr ernst, wenn es um die Regeln des MCs ging. Und absolute Loyalität war eine davon.

Außerdem hatte der ganze Mist auch viel länger gedauert, als ich erwartet hatte, weswegen jetzt bereits die Sonne unterging, als ich meine Veranda betrat. Dementsprechend war meine Laune auch bereits im Keller, und ich konnte nur hoffen, dass Jane und Spades sich nicht gegenseitig umgebracht hatten, während ich weg gewesen war.

Ich konnte ihre Stimmen bis nach draußen hören.

»Du verfluchter Mistkerl!« Das war Jane. »Dafür bring ich dich um!«

»Ach ja? Und wie willst du das anstellen, du kleines Miststück?«

Im nächsten Moment hörte ich Schüsse. Ich hechtete vorwärts und riss die Eingangstür auf. Was ich dann sah, ließ mich mitten in der Bewegung innehalten. Meine Hand lag noch auf der Türklinke, und ich traute meinen Augen nicht.

»Was ist los?«, fragte Spades und sah mich alarmiert an.

»Ich habe Schüsse gehört«, murmelte ich, verwirrt von dem, was ich vor mir sah.

Spades und Jane saßen auf meiner Couch. Beide hatten Controller in der Hand. Auf dem Bildschirm des Flachbildfernsehers prangte in Großbuchstaben das Wort *Pause*. Dahinter konnte ich eine Art Schlachtfeld ausmachen, das in zwei Hälften geteilt war.

»Was ist hier los?«, fragte ich.

»Dein Kumpel hier meint, er wäre ein besserer Schütze als ich.« Jane warf Spades einen hasserfüllten Blick zu.

»Im Gegensatz zu dir war ich ja auch bei den Marines, Kleine.«

Ich erwartete, dass Jane ihm wegen des Kosenamens an die Gurgel springen würde, stattdessen grinste sie nur. »Na und? Das bedeutet doch gar nichts.«

»Ach wirklich? Das werden wir ja sehen!«

Beide wandten sich wieder dem Fernseher zu und spielten weiter. Es sah ganz danach aus, als würden sich die beiden plötzlich super verstehen. Ich runzelte die Stirn. Was zum Teufel war hier passiert? Hatte ich einen schweren Unfall gehabt, lag jetzt im Koma und träumte nur?

»Ich geh dann mal duschen«, sagte ich, aber mir wurde keinerlei Beachtung geschenkt.

Als ich aber vor dem Fernseher vorbeiging, regnete es plötzlich Popcorn, und ich wurde angeschrien. Ich flüchtete nach oben.

Kapitel 26

Alexia

Am nächsten Abend saßen Raphael und ich zusammen auf seiner Couch. Draußen war es bereits dunkel, und das einzige Licht kam aus der offenen Küche. Wir hielten beide eine Flasche Bier in der Hand und sahen uns an.

Mit meiner Vergangenheit hatte ich keine Chance auf ein Happy End. In meiner Zukunft gab es nichts außer neuen Jobs, die mir neues Geld einbringen würden, damit ich weiter weglaufen konnte. Es gab kein nettes Häuschen mit einem heißen tätowierten Biker, der unglaublichen Sex mit mir hatte und sich um mich kümmerte, wenn es mir scheiße ging.

Allerdings half mir dieses Wissen auch nicht gegen die Schuldgefühle, weil uns schon wieder Nachrichten über vermehrte Aktivitäten der Secret Saints erreicht hatten. Denn ich wurde das Gefühl nicht los, dass sich diese auf die spärlichen Informationen begründeten, die ich Luar bei unserem letzten Treffen gegeben hatte.

»Worüber denkst du nach?« Raphaels Stimme riss mich aus den Gedanken.

Ich hob die Bierflasche an die Lippen und nahm einen Schluck, bevor ich antwortete. »Wie schnell sich einfache Dinge zu etwas äußerst Kompliziertem entwickeln können.«

»Ist das so?«

Ich nickte. »Und ich bin wirklich kein Fan von komplizierten Sachen.«

Er neigte leicht den Kopf. »Wieso nicht?«

Mein Blick fiel auf das Tattoo auf seinen Fingern. *Ride fast.* Kein schlechter Rat. Ich sollte mich auf mein Bike setzen und so schnell wie möglich fahren. Ganz weit weg von hier.

»Komplizierte Dinge bergen immer das Risiko von Fehlern.«

Er schwieg eine Weile, und wir hingen beide unseren Gedanken nach. Als er erneut das Wort erhob, sah ich ihn überrascht an.

»Lass uns ein Spiel spielen.«

»Das ist entweder der schlechteste Anmachspruch aller Zeiten oder aber der Beginn eines wirklich miesen Horrorfilms.«

Raphael lachte. »Keins von beidem. Ich meine es ernst. Mit Spades hast du doch auch gespielt.«

»Ja, aber da konnte ich auch Leute abknallen. Zumindest virtuell.«

Er stupste mich mit dem Fuß an. »Nun komm schon. Sei kein Feigling.«

Seufzend gab ich nach. »Okay, und an welches Spiel hast du gedacht?«

»Wir stellen uns gegenseitig Fragen. Immer abwechselnd. Und wir müssen die Fragen ehrlich beantworten. Keine Lügen, keine Ausflüchte.«

»Das ist ein merkwürdiges Spiel«, merkte ich stirnrunzelnd an. Mir gefiel gar nicht, in welche Richtung sich das hier entwickelte. Allerdings konnte ich so auch mehr über Raphael herausfinden, und das war ein verlockender Köder.

»Du wohnst jetzt schon eine ganze Weile bei mir, und trotzdem weiß ich fast nichts über dich. Das will ich ändern.«

»Was ist aus der ganzen Es-gibt-nur-zwei-Gründe-warum-du-hier-bist-Geschichte geworden?«

»Das hat sich geändert«, antwortete er schulterzuckend.

Ich ließ mir die Sache durch den Kopf gehen. Was konnten so ein paar Fragen schon anrichten? Und wenn es wirklich brenzlig wurde, konnte ich immer noch lügen. Wie wollte er das schon kontrollieren?

»Na gut.« Ich deutete mit der Bierflasche auf ihn. »Fang an.«

»Wo bist du geboren?«

»Das weiß ich nicht, hab meine Eltern nie kennengelernt. Die ersten Jahre bin ich in einem Waisenhaus in New York City aufgewachsen.« Ich bemerkte Mitleid in seinem Blick, weswegen ich schnell von mir ablenken wollte. »Was ist mit dir?«

»Ich bin hier geboren und aufgewachsen. Salt Lake City ist meine Heimatstadt.« Er schien über seine nächste Frage nachzudenken. »Wie alt bist du?«

Ich grinste. »Spades hat mich dasselbe gefragt. Neunzehn.«

»Wow. Das ist jünger, als ich erwartet hatte.«

»Ist das ein Problem für dich, Archangel?«, fragte ich schmunzelnd.

»Nein. Ist der Altersunterschied für dich ein Problem?«

»Spontan würde ich jetzt einmal Nein sagen. Alter ist nur eine Zahl. Es ist die Gesellschaft, die uns sagen will, was richtig oder falsch ist. Und die Gesellschaft interessiert mich einen Dreck.« Ich nahm einen Schluck von meinem Bier. »Wie viel Altersunterschied haben wir denn?«

»Fünfzehn Jahre.«

Ich zuckte mit den Schultern. »Das geht für mich in Ordnung.«

Er grinste. »Okay, ich bin wieder dran. Was ist deine Lieblingsfarbe?«

»Schwarz. Dein Lieblingssong?«

»*Pour some sugar on me* von Def Leppard.«

Ich lachte. »Ein Strippersong. Na klar.« Ich sah ihn an und bemerkte, dass er mich mit einem warmen Lächeln auf den Lippen beobachtete. Und da war dieses Leuchten in seinen Augen, das mir eine Scheißangst machte. »Nächste Frage.«

»Wie heißt du wirklich?«

Mein Herz verfehlte ein paar Schläge, und ich mied Raphaels Blick. Stattdessen sah ich aus dem Fenster. Aber dort gab es wegen der Dunkelheit nichts zu sehen. Natürlich hatte er die Chance nutzen und mich nach meinem Namen fragen müssen. Dieser Idiot. Was sollte ich jetzt tun? Sollte ich ihm meinen Namen verraten? Was würde er damit schon groß anfangen können?

»Wieso willst du das wissen?«, murmelte ich.

»Zuerst musst du mir meine Frage beantworten, dann kannst du deine stellen.«

Ich versuchte, mein wild schlagendes Herz zu beruhigen. Wieso machte ich überhaupt eine so große Sache daraus? Allein mit meinem Vornamen konnte er keine Informationen über mich ausgraben. Und selbst wenn er das könnte, würde er nichts finden. Für die Welt da draußen existierte ich nicht.

Kurz fragte ich mich, ob das die Wahrheit war, oder ob ich nur nach einer Entschuldigung suchte, um ihm meinen Namen zu verraten.

Ich nahm einen tiefen Atemzug und sah ihn an. »Alexia.«

»Mhm, Alexia.«

Ich bekam eine leichte Gänsehaut, als er zum ersten Mal meinen Namen aussprach.

»Ein schöner Name.«

»Wie bist du zu den Angels of Death gekommen?«, fragte ich schnell.

»Nach meiner Zeit bei der Army brauchte ich eine neue Aufgabe. Es ist verdammt schwierig, wenn du jahrelang darauf gedrillt wirst, zu töten. Ständig kommt der nächste Auftrag rein, und du musst um dein Überleben kämpfen. Wenn du dann nach Hause kommst, gibt es nur … Langeweile. Das kann einen in den Wahnsinn treiben. Meine Eltern sind beide gestorben, kurz nachdem ich zur Army gegangen bin. Ein Autounfall. Daher hatte ich auch von dieser Seite keinen Halt. Ich kannte Spades von der Zeit bei der Army. Er war schon ein Jahr vor mir nach Hause gekommen und brachte mich zu den Angels.«

»Tut mir leid mit deinen Eltern«, sagte ich leise. Ich wusste, was es hieß, wenn man keine Eltern hatte. Keine Familie. Wenigstens hatte er sie kennengelernt.

Er zuckte mit den Schultern. »Wir haben uns nie besonders nahegestanden. Das Leben ging weiter.«

Ja, das tat es immer. Egal wie schrecklich die Katastrophe war, die man zuletzt durchlebt hatte. Es ging einfach immer weiter.

»Und wie bist du dann zu ihrem Präsidenten geworden?« Ich war ehrlich neugierig. Ich wollte mehr über diesen Mann wissen. Aber sein tadelnder Blick rief mich zur Ordnung, und ich seufzte. »Okay, du bist wieder dran.«

»Was ist deine schönste Kindheitserinnerung?«, fragte er, und mein Magen verkrampfte sich.

Ich stand auf, um uns beiden ein neues Bier zu holen und mir mehr Zeit zum Nachdenken zu geben. Als ich mich wieder setzte, schlug ich die Beine unter und spielte am Etikett der Flasche herum. »Als ich das erste Mal Schokolade gegessen habe.«

»Wie alt warst du da?«

Ich schüttelte den Kopf. »Ich bin dran.« Ich wählte meine nächste Frage mit Bedacht, da ich unbedingt diese intime Stimmung zerstören wollte, die mir gleichzeitig Angst machte und ein warmes Gefühl in meiner Brust auslöste. »Wann hast du das erste Mal getötet?«

Verwirrt sah er mich an. Damit hatte er nicht gerechnet. »Mit zwanzig. Während meiner Zeit bei der Army. Und du?«

Ich sah ihm direkt in die Augen. »Mit sechzehn.«

Die Überraschung stand ihm deutlich ins Gesicht geschrieben.

»Ich bin wieder dran. Was ist deine Lieblingsfarbe?«, fragte ich, da ich genug von den tiefschürfenden Gesprächen hatte.

»Weiß.«

»Ehrlich? Ich habe noch nie auch nur ein weißes Kleidungsstück an dir gesehen.«

Er zuckte mit den Schultern. »Die Flügel auf meinem Bike sind weiß.«

Ich schnaubte.

»Wieso bist du Söldnerin geworden?«, fragte Zane.

»Ich brauchte sehr schnell viel Geld. Und ich hatte ein gewisses Talent fürs Töten, wie sich herausstellte.«

»Ich muss zugeben, du bist wirklich gut in dem, was du tust.«

»Deswegen bekomme ich ja auch so viel Geld«, gab ich lächelnd zurück.

»Aber ich hab dich erwischt. Also bin ich besser.«

Ich starrte in sein breit grinsendes Gesicht. »Das kannst du doch nicht wirklich glauben!«

»Was ist noch gleich an unserem ersten gemeinsamen Abend passiert?«, fragte er mich mit süffisantem Ton.

»Das würdige ich keiner Antwort.«

Er legte den Kopf zurück und lachte. Wie immer verursachte mir der raue Ton ein Kribbeln im Bauch, das ich aber gekonnt ignorierte.

»Was hältst du von einer Wette?«, fragte ich stattdessen.

»Noch eine?«

Ich nickte. »Derjenige, der dem anderen zuerst den Arsch rettet, bekommt von demjenigen ein neues Motorrad.«

»Ich brauche kein neues Bike«, antwortete Raphael mit einem leichten Stirnrunzeln.

Ich zuckte mit den Schultern. »Kann mir egal sein, da ich die Wette sowieso gewinnen werde. Und ich brauche schon eins.« Zwar liebte ich meine Maschine, allerdings hatte sie wirklich schon bessere Tage gesehen. Ein neues Motorrad wäre schön. Außerdem lenkte die Wette ihn von diesem dämlichen Spiel ab, was eine viel zu gefährliche Richtung genommen hatte.

»Das ist eine dämliche Wette«, meinte er.

»Hey, du hast auch ein dämliches Spiel vorgeschlagen, und trotzdem habe ich mitgemacht. Jetzt bist du dran.« Ich streckte die Hand aus. »Schlag ein.«

Er sah erst meine Hand an und dann mein Gesicht. Langsam schlich sich ein Lächeln auf seine Lippen. »Na schön. Aber mit einem einfachen Handschlag kommst du mir nicht davon.«

Ich sah ihn fragend an. »Nicht?«

Er schüttelte den Kopf, nahm unsere Bierflaschen und stellte sie auf den Couchtisch. »Nein.«

Blitzschnell ergriff er mein Handgelenk und zog mich zu sich. Ich landete auf seiner Brust, und im nächsten Moment verschloss er mir den Mund mit einem Kuss. Heiß drang seine Zunge in mich ein, und ich schmeckte Bier und Raphael. Seufzend schmiegte ich mich an ihn, legte die Hände in seinen Nacken und vertiefte den Kuss.

Ein warmes Prickeln lief über meinen Körper, Hitze sammelte sich in meinem Unterleib.

Als er schließlich den Kuss unterbrach, atmeten wir beide schwer, und ich konnte sein Lächeln an meinen Lippen spüren.

»Wette angenommen.«

Kapitel 27

Alexia

Es waren jetzt schon drei Jahre vergangen. Ich war meilenweit von meinem ehemaligen Zuhause entfernt. Es hatte nie auch nur ein Anzeichen dafür gegeben, dass meine Vergangenheit mich einholte. Vielleicht war es an der Zeit, dass ich endlich losließ. Dieser Gedanke ließ mich zwar vor Angst zittern, aber ich würde mich dennoch nicht davon abhalten lassen.

Raphael vertraute mir vielleicht, aber sein Club tat das noch lange nicht.

Am Morgen hatte ich ein Telefonat belauscht, als Raphael glaubte, ich würde noch schlafen. Sein Gesprächspartner war nicht besonders glücklich gewesen. Die Angels wollten, dass ich den Auftrag abschloss. Und irgendwie wollte ich das auch. Ich hatte dieses ganze Spiel so satt. Heute würde ich Luar endlich ausliefern.

Also hatte ich ihn angerufen und ihm versprochen, dass ich inzwischen alle Informationen beisammenhatte und er mir die zweite Rate mitbringen sollte. Mein Job für ihn war erledigt. Jedenfalls dachte er das. Natürlich hatte ich die Informationen. Allerdings würde ich Luar kein Wort mehr über Raphael und die Angels of Death verraten. Zum ersten Mal seit Jahren empfand ich so etwas wie echte Loyalität. Noch war ich mir nicht sicher, ob mir das gefiel. Aber vorerst vertraute ich meinem Instinkt.

»Ich muss jetzt los.«

Wir standen im Wohnzimmer. Ich hatte mir meine übliche Kleidung, bestehend aus schwarzer Jeans, schwarzem Shirt und schwarzer Lederjacke, angezogen und die Waffen angelegt.

»Das gefällt mir nicht«, murmelte Raphael und zog mich an sich.

Automatisch legte ich die Hände in seinen Nacken. »Du weißt genau, dass es keine andere Möglichkeit gibt. Wenn er dich oder einen von deinen Jungs bemerkt, wird er sofort verschwinden. Und wer weiß, wie lange es dann dauern wird, bis wir ihn wiederfinden. Außerdem bezahlst du mich genau dafür. Du wolltest meinen Auftraggeber, und heute bringe ich ihn dir.«

»Ich könnte doch aber einen der Anwärter mit dir schicken.«

»Und wie genau soll einer dieser Milchbubis mir helfen?«

Raphael gab ein knurrendes Geräusch von sich, und ich stellte mich auf die Zehenspitzen, um ihm einen Kuss auf den Kiefer zu drücken. »Ich krieg das hin.«

»Versprich mir, dass du auf dich aufpassen wirst.« Er umfing mein Gesicht mit den Händen und sah mir direkt in die Augen.

»Ich verspreche es.«

Er legte die Stirn an meine, und wir beide schlossen für einen Moment die Augen. Unser Atem vermischte sich, und ich schwelgte in dem Gefühl, ihm so nahe zu sein. Dann machte ich mich von ihm los. »Wir sehen uns in ein paar Stunden.«

»Bis gleich, Reaper.«

Ich spürte seinen Blick auf mir, als ich das Haus verließ.

Ich betrat das Hotel und ging zur Rezeption. Dort ließ ich mir die Schlüsselkarte für das von mir reservierte Zimmer geben und betrat danach den Aufzug.

Da ich damit rechnen musste, dass Luar wieder seine Bodyguards dabeihatte, konnte ich nicht einfach durch die Tür ins

Hotelzimmer spazieren. Ich konnte schon, allerdings war ich nicht unbedingt scharf auf eine weitere Prügelei mit den Muskelprotzen. Außerdem hatte ich Raphael versprochen, dass ich auf mich aufpassen würde.

Stattdessen würde ich es mir also zunutze machen, dass die Zimmer Balkons hatten. Und diese Balkons von der Straße aus nicht einsehbar waren. Mich würde bei meinem Vorhaben also niemand bemerken.

Ich hatte das Zimmer über Luar gemietet. Ich plante, mich von meinem Balkon abzuseilen, den Bodyguards jeweils ins Knie zu schießen und mit Luar zu verschwinden. Er gab sich zwar großspurig, aber eigentlich war er nur ein kleiner Junge, der mit den Erwachsenen spielen wollte. Eine Pistole an seinen Rippen würde ihn davon abhalten, mir Schwierigkeiten zu machen, wenn wir durch die Lobby des Hotels gingen.

Ich nahm einen tiefen Atemzug und ging auf den Balkon. Die Sonne stand hoch am Himmel, und ich genoss für einen Moment die Aussicht über die Stadt, bevor ich das Seil befestigte und über die Reling kletterte. Beinahe lautlos landete ich auf dem unteren Balkon. Das Ganze hatte nur wenige Augenblicke gedauert, und ich war mir sicher, dass man mich nicht gesehen hatte.

Ich drückte mich gegen die Wand und lauschte angestrengt. Die Balkontür war einen Spaltbreit geöffnet, und ich konnte Luar drinnen mit seinen Männern reden hören.

»Sie verspätet sich.« Er klang wirklich ungehalten.

Ach, armes Baby.

»Gott, ich bin wirklich froh, wenn diese ganze Scheiße heute Abend vorbei ist.«

Dem konnte ich nur zustimmen. Der Kerl ging mir auf die Nerven. Sollte Raphael ihn ruhig töten. Vielleicht würde ich es sogar gratis für ihn übernehmen.

Wenn mich meine Sinne nicht trogen, stand Luar direkt hinter den Scheiben und seine Bodyguards dann wahrscheinlich vorn an der Tür. Genauso wie bei unseren anderen beiden Treffen. Ich entsicherte meine Waffe, dann stieß ich die Balkontür auf.

Blitzschnell orientierte ich mich und schoss. Überraschtes Keuchen war zu hören, als die Bodyguards zu Boden sanken. Jeweils ein Loch auf Herzhöhe hatte ihnen ein schnelles Ende bereitet.

Luar wirbelte auf dem Absatz herum, aber er war viel zu langsam. Für mich sah es in etwa so aus, als würde er sich in Zeitlupe bewegen. Ich schaute in seine überrascht aufgerissenen Augen, als ich die Waffe auf ihn richtete.

Genau in diesem Moment öffnete sich die Tür zum Hotelzimmer. Ich sah an Luar vorbei und erstarrte. Alles in mir wurde eiskalt.

Ich hatte die letzten Jahre damit verbracht, vor diesem Mann wegzulaufen.

Nino hatte mich von der Straße aufgelesen, mir ein Heim, Nahrung und Kleidung gegeben. Er hatte dafür gesorgt, dass ich nicht mehr täglich um mein Überleben kämpfen musste, sondern tatsächlich einmal leben konnte. Dank ihm war ich nicht auf der Straße erfroren oder ermordet worden.

Ich hatte ihn geliebt. Vergöttert. Er war das Zentrum meines Universums gewesen.

Bis er begonnen hatte, mich zu missbrauchen.

Es hatte ganz langsam angefangen. Beim ersten Mal hatte ich beim Spielen eine Lampe vom Tisch gerissen, die auf dem Boden zersprungen war. Da hatte er mich geohrfeigt. Danach wurde es immer schlimmer. Je größer mein »Vergehen«, desto härter war die Strafe. Ich hatte mal wieder Essen aus der Küche geklaut, weil ich mich immer noch vor dem Hungern fürchtete? Er versohlte mir den Hintern, bis er blau war. Ich blamierte ihn vor seinen Geschäftskollegen? Er schlug mir mit der Faust ins Gesicht.

Ich wusste nicht mehr genau, was ich an jenem speziellen Tag getan hatte. Es konnte alles oder nichts gewesen sein. Aber eines Tages schlug er mich nicht. Nein, er vergewaltigte mich.

Bis dahin hatte ich immer gedacht, dass es tatsächlich irgendwie mein Fehler gewesen war, dass ich die Strafe verdient gehabt hätte. Aber in der Nacht, als er seinen ekelerregenden Schwanz in mich stieß und meinen jungfräulichen Körper schändete, da hasste ich ihn. Zum allerersten Mal schlug meine hingebungsvolle Liebe in Hass um. Ich wusste, dass dies nicht meine Schuld gewesen sein konnte. Ich hatte nichts getan, was *das* verdient hätte.

So ging das drei Jahre lang. Und ich zog mich immer mehr in mich selbst zurück. Ertrug alles, was er mir antat, weil ich genau wusste, dass ich auf der Straße niemals klarkommen würde. Er sagte mir immer wieder, dass ich viel zu hübsch war, um draußen zu überleben. Außerdem hätte er mich niemals gehen lassen, eher hätte er mich getötet.

Also ertrug ich alles. Bis er schließlich seinen Sohn zu mir schickte.

Ich wusste nicht, was sich auf einmal verändert hatte. Vielleicht hatte er gedacht, dass ich endlich fertig trainiert war. Dass ich jetzt die perfekte kleine Sexsklavin war. Was auch immer es gewesen war, es war der Anfang vom Ende gewesen.

Ich lag in meinem Zimmer, trug ein seidenes grünes Nachthemd und wartete auf ihn. Aber stattdessen kam sein Sohn, der vielleicht ein noch größerer Psychopath war als sein Vater. Und er schaffte, was sein Vater nie vollbracht hatte.

In dieser Nacht starb irgendetwas in mir. Etwas, das ich mir in all der Zeit bewahrt hatte. Er vergewaltigte mich wohl auf die schlimmste Art und Weise: indem er mir das Gefühl gab, dass es meine eigene Entscheidung war.

Er richtete eine Pistole auf mich und sagte mir, was ich tun sollte. Und obwohl ich natürlich keine Wahl gehabt hatte, jedenfalls keine richtige, gab er mir das Gefühl, dass es meine freie Entscheidung war. Als ich mich für ihn auszog. Als ich seinen Schwanz in den Mund nahm. Als ich mich von ihm besteigen ließ.

In dem Augenblick, in dem er seinen Schwanz in mich stieß, traf ich eine folgenschwere Entscheidung.

Ich wartete, bis er sich im Nirwana seines Orgasmus befand. Dann schnappte ich mir seine Waffe, die neben uns auf dem Bett lag, und schoss ihm seitlich in den Kopf. Es war mein erster Mord. Blut und andere ekelerregende Substanzen verteilten sich über die Matratze und mir. Und anders als ich es heute bevorzugte, hatte seine Pistole keinen Schallschutzdämpfer. Also erklang der Knall der Waffe laut in der Stille der Nacht.

Ich wusste, dass Nino mich für den Tod seines Sohnes schlimmer bestrafen würde, als ich es mir je vorstellen konnte, und danach würde er mich töten.

Also sprang ich vom Bett und stieg mit der Waffe in der Hand aus dem Fenster. Mit einem harten Knall schlug ich auf dem Boden auf, und heißer Schmerz schoss mir in den Knöchel. Aber als ich das wutentbrannte Brüllen aus dem Fenster über mir hörte, rannte ich los. Ich ignorierte alle Schmerzen und rannte.

Bis heute kann ich es nicht richtig glauben, dass ich tatsächlich entkommen konnte. Ich stieg in das erste Haus ein, das ich fand, und stahl Kleidung. Ich säuberte mich, schnappte mir alles Geld, das ich finden konnte, und schleppte mich in die nächste Notaufnahme. Dort erzählte ich eine haarsträubende Geschichte und ließ meinen Knöchel versorgen.

Von dem restlichen Geld kaufte ich mir eine Busfahrkarte und floh ans andere Ende des Landes. Danach begann mein Training. Ich war fest entschlossen, dass ich nie wieder hilflos sein würde. Also schuftete ich Tag und Nacht, damit ich die Beste wurde, lernte alles, was es übers Kämpfen und über Waffen zu wissen gab. Ich fand eine Kampfsportschule, die von einem ehemaligen Elitesoldaten geleitet wurde. Ich wusste nicht, was er in mir sah, aber nach meinem ersten Tag dort kam er zu mir und fragte mich, ob er mir dabei helfen sollte, meine Dämonen zu bekämpfen. Von ihm hatte ich beinahe alles, was ich konnte und wusste.

Ich war entkommen. Ich hatte überlebt.

Bis heute.

Bis zu dem Moment, in dem ich in die Augen meines schlimmsten Albtraums schaute.

»Alexia, meine Schöne. Wir haben uns lange nicht mehr gesehen.« Er sah die Waffe an, während drei seiner Männer hinter ihm den Raum betraten. Einer schloss die Tür, und ich zuckte beim Klicken des Schlosses zusammen.

»Wie ich sehe, benutzt du noch immer meine Lieblingsmarke.« Wir sahen beide die Beretta an. »Ich nehme das als Kompliment. Und jetzt nimm sie runter.« Seine dunkelbraunen Augen sahen direkt in meine, und ein Ruck ging durch meinen Körper.

Bevor ich darüber nachdenken konnte, senkte sich mein Arm. Seine Konditionierung für mich funktionierte immer noch. Selbst nach all diesen Jahren.

»Nino«, flüsterte ich. »Was machst du hier?«

Wie hatte er mich gefunden? Ich hatte mir solche Mühe gegeben, vom Radar zu verschwinden. Ich war nie irgendwo länger als nötig geblieben, hatte mir kein Haus oder Ähnliches gekauft. Ich bezahlte grundsätzlich in bar, und mein Handy konnte nicht zurückverfolgt werden.

»Weißt du, meine Schöne.« Nino ging durch den Raum, öffnete sein Jackett und ließ sich auf dem Sofa nieder. Er schlug die Beine übereinander.

Ich starrte ihn an, war mir immer noch nicht sicher, ob mein Gehirn mir nicht einen Streich spielte.

Er hatte sich kaum verändert. Das dunkle Haar war noch immer nach hinten gegelt, lediglich an den Schläfen hatten sich ein paar graue Strähnen gebildet. Seine gebräunte Haut hatte inzwischen ein paar mehr Falten, aber der Blick aus den dunklen Augen war noch genauso furchteinflößend und machtvoll wie damals.

Seine Männer bezogen Stellung im Raum, und anders als Luars Schaufensterpuppen waren sie ausgebildete Killer. Einen konnte ich erledigen. Mit viel Glück vielleicht sogar zwei. Aber gegen drei von ihnen war ich machtlos.

»Du hast wirklich viel von mir gelernt, Alexia.«

Bei der Nennung meines echten Namens zuckte ich zusammen.

»Es hat ganz schön lange gedauert, aber schließlich habe ich dich gefunden. Und da wir beide wissen, dass du niemals einen Auftrag von mir angenommen hättest«, er warf mir ein eiskaltes Lächeln zu, »brauchten wir einen Mittelsmann.«

Wir sahen beide Luar an, der um ein paar Zentimeter geschrumpft zu sein schien.

Nino blickte jemanden hinter mir an und nickte. Bevor ich überhaupt verstand, was vor sich ging, war ein Bodyguard hinter mich getreten, und ich hörte ein schneidendes Geräusch. Dann beobachtete ich, wie eine Strähne meines Haares an Luar übergeben wurde. Verwirrt blickte ich von einem zum anderen. Was zum Teufel sollte das denn?

»Du kannst jetzt verschwinden«, sagte Nino zu ihm. »Der Rest des Plans läuft wie abgesprochen.«

Ohne seinen Männern einen zweiten Blick zu gönnen, rannte der kleine Mistkerl zur Tür und machte sich vom Acker.

Nino sah mich an, und ein Schauer lief mir über den Rücken. Ich war eine Killerin, und trotzdem fühlte ich mich in diesem Moment wieder wie ein kleines Mädchen.

»Setz dich«, befahl er, und ich gehorchte.

Ich wusste nicht, wie er es anstellte, aber er umging all meine Schutzmechanismen und ließ mich als ängstliches kleines Ding zurück. Jegliches Training war in diesem Augenblick vergessen. Ich fürchtete diesen Mann mehr als alles andere auf der Welt.

»Du bist noch genauso schön wie damals«, murmelte er leise und betrachtete mich eingehend.

Mein Magen zog sich vor Ekel zusammen.

»Übrigens, netter Name, *Red Reaper*.« Er zwinkerte mir zu, und mir wurde schlecht. »Wir werden jetzt einen kleinen Ausflug machen«, teilte er mir mit. »Und du wirst dich benehmen, so wie ich es dir beigebracht habe. Du erinnerst dich ja noch, was passiert, wenn du dich nicht an die Regeln hältst, oder, meine Schöne?«

Eine Gänsehaut überzog meinen gesamten Körper, mein Magen verwandelte sich in einen einzigen eiskalten Knoten, und ich befürchtete, mich jeden Moment übergeben zu müssen. Direkt auf seine makellosen, frisch polierten Lederschuhe.

»Ich gehe nirgendwohin mit dir.« Ich wünschte mir wirklich, dass meine Stimme selbstsicherer geklungen hätte.

»Oh doch. Und weißt du auch, wieso?« Er beugte sich nach vorn, und sein vertrauter, nach Qualm riechender Atem strich mir über die Wange. »Wenn du es nicht tust, werde ich einen Anruf tätigen, und kurz danach wird dein geschätzter Raphael Zane tot sein.«

Ich erstarrte. Woher wusste er von Raphael?

Er musste mir meine Überraschung angesehen haben, denn er lachte leise und stand auf. Ich sah zu ihm hoch.

»Hast du wirklich gedacht, dass ich dich nicht beobachtet habe?«

Ich hatte keine Wahl. Natürlich hatte ich keine Garantie, dass er Raphael nicht trotzdem töten lassen würde. Aber wenn ich nicht mit ihm ging, würde Raphael definitiv sterben. Und das konnte ich nicht zulassen.

Irgendwann hatte es ohnehin dazu kommen müssen. Es war utopisch gewesen, zu glauben, dass ich ihm mein ganzes Leben lang entkommen würde. Dafür hatte Nino zu viel Macht und Geld. Er hatte mich irgendwann finden müssen. Und jetzt war es so weit. Ich musste mich meiner Vergangenheit stellen.

»Warum tust du das alles?«, fragte ich mit leiser Stimme.

Er antwortete nicht, hielt mir nur lächelnd die Hand hin. Denn wir wussten beide, warum er hier war.

Ich hatte seinen Sohn umgebracht. Und jetzt würde er mich töten.

Kapitel 28

Raphael

Seit Alexia mein Haus verlassen hatte, saß ich an der Anrichte und starrte auf die Uhr. Es waren jetzt bereits mehrere Stunden. War das noch normal? Das konnte nicht normal sein.

Ich stand auf und fuhr mir mit beiden Händen über den Schädel. Meine Haut juckte auf unangenehme Art und Weise, und ich hatte ein ungutes Gefühl im Magen. Etwas stimmte nicht. Dessen war ich mir beinahe sicher. Hatte sie es sich anders überlegt und war verschwunden? Hatte Luar ihr mehr Geld geboten, und sie hatte die Seiten gewechselt? Würde sie so etwas überhaupt tun? Ich hatte das Gefühl, dass sich etwas zwischen uns verändert hatte, dass es etwas Ernstes werden könnte. Oder war etwas schiefgegangen? Hatten die Bodyguards sie überwältigt?

Mein Kopf explodierte beinahe bei all den schrecklichen Szenerien, die sich in diesem Moment vor meinem inneren Auge abspielten.

Aber Alexia hatte mich gebeten, ihr zu vertrauen. Also würde ich genau das tun.

Allerdings bedeutete das auch, dass wahrscheinlich etwas ganz furchtbar schiefgegangen sein musste. Sonst wäre sie längst wieder hier.

In diesem Moment hörte ich, wie ein Motorrad vor meinem Haus vorfuhr. Kurze Zeit später öffnete sich die Tür und Spades betrat den Raum. Er sah sich um und runzelte die Stirn.

»Sie ist noch nicht wieder hier?«

»Nein«, knurrte ich.

Da ich jetzt endgültig die Schnauze voll hatte vom Warten, nahm ich mein Handy von der Anrichte und checkte den Peilsender.

Ich sah Spades an. »Wir gehen sie jetzt holen.«

Mit einem unguten Gefühl parkte ich mein Bike und blickte rüber zu Spades. Er starrte dieselbe Stelle an wie ich zuvor. Der SUV der Angels, den ich Alexia geliehen hatte, stand noch vor dem Hotel.

»Hast du die Zimmernummer?«, fragte Spades.

Ich schüttelte den Kopf. »Aber der Peilsender ist exakt genug.«

Wir waren alleine gegangen, da wir uns so unauffälliger in der Stadt bewegen konnten. Spades und ich würden zuerst die Lage checken, und sollte es dann Probleme geben, würden wir Verstärkung rufen. Allerdings konnten wir die meisten Schwierigkeiten auch alleine aus dem Weg räumen. Dafür waren wir schließlich einmal ausgebildet worden.

Ich zog mein Handy aus der Tasche, und gemeinsam betraten wir das Hotel. Von allen Seiten wurden uns komische Blicke zugeworfen. Der Ausdruck verwandelte sich ganz schnell in Angst, als die Leute den geflügelten Totenkopf auf unseren Kutten entdeckten.

Wir betraten den Aufzug und folgten dem Signal bis zu einer Hotelzimmertür. Das Zimmer war unverschlossen. Spades und ich sahen uns an, zogen unsere Waffen und entsicherten sie. Gemeinsam betraten wir den Raum.

Drinnen sah alles ganz normal aus. Nichts deutete auf einen Kampf hin. Aber Alexia war auch nicht hier. Fieberhaft sah ich mich um. In dem Raum gab es nur zwei weitere Türen. Die erste führte ins Bad. Es war leer. Spades checkte das Schlafzimmer, aber sein Kopfschütteln teilte mir mit, dass sie dort auch nicht war. Wieso war sie nicht hier? Der Peilsender sagte doch, dass sie hier war.

Dann entdeckte ich ihr Handy. Es lag auf dem Schreibtisch. Neben ihrer Beretta. Ich erkannte sie auf den ersten Blick. Die silberne Waffe mit dem weißen Griff fiel überall auf.

»Archangel.« Spades berührte mich an der Schulter und deutete auf den Teppich vor unseren Füßen.

Ich erstarrte. Dort waren Blutflecken. Nicht viele, aber dennoch genug, um mir einen eiskalten Schauer über den Rücken zu jagen.

Noch einmal sah ich mich in dem Hotelzimmer um.

»Was ist hier passiert, Reaper?«

Mit einer unguten Mischung aus Angst und Wut im Bauch fuhr ich vor dem Clubhaus vor. Spades und ich waren gerade abgestiegen, als einer der Anwärter auf uns zugerannt kam.

»Archangel!« Er blieb vor uns stehen und hielt mir einen weißen Briefumschlag entgegen. »Der wurde gerade von einem Kurier für dich abgegeben.«

Ich nahm den Umschlag entgegen und betrachtete ihn. Kein Empfänger, kein Absender. Vorsichtig betastete ich das Papier. Es fühlte sich nicht so an, als wäre etwas drin. Ich sah Spades an und konnte darin die gleiche ungute Ahnung erkennen, die auch ich verspürte. Ich öffnete den Umschlag, drehte ihn um und zog ein einzelnes Stück Papier heraus. Ich erstarrte, als ein paar feuerrote Haarsträhnen ebenfalls aus dem Umschlag fielen und zu Boden segelten.

Ich sah die wenigen Worte an, die auf dem Papier standen, und mein Herz verfehlte ein paar Schläge.

Wir haben deine Freundin. Heute Abend. 22 Uhr. Unser Clubhaus. Komm alleine, oder sie stirbt.
Secret Saints

Ich reichte den Zettel an Spades weiter, während ich auf die Haarsträhnen am Boden starrte. Die Saints hatten Alexia. Ich konnte an nichts anderes denken, als dass meine Frau in den Händen unserer Feinde war. Ich wollte mir wirklich nicht vorstellen, was sie gerade mit ihr taten. Sonst würde ich vermutlich durchdrehen.

Eine Hand landete auf meiner Schulter, und ich starrte Spades an.

»Das wirst du nicht tun.«

»Ich werde.«

Sein Gesichtsausdruck verfinsterte sich, der Griff auf meiner Schulter wurde fester. »Das kann ich nicht zulassen.«

Ich drehte mich zu ihm um, schüttelte seine Hand ab und ballte die Fäuste. »Versuch mich davon abzuhalten, Spades.«

Er fuhr sich mit beiden Händen durch die Haare und starrte mich wutentbrannt an. »Hast du vollkommen den Verstand verloren? Sie werden dich umbringen!«

»Wenn ich nicht gehe, werden sie Alexia töten.«

Wir starrten uns an. Die Luft war zum Zerschneiden dick vor Anspannung. Schließlich atmete Spades tief durch. »Das ist eine Falle.«

»Natürlich ist es das«, antwortete ich. »Aber Alexia gehört zu mir. Ich werde sie da rausholen oder bei dem Versuch sterben.« Ich streckte ihm den Arm hin, und er umfasste ihn am Ellbogen. »Du weißt, was du zu tun hast. Du bist der Vizepräsident«, sagte ich zu ihm, bevor ich mich umdrehte und auf mein Bike stieg.

Ich fuhr nach Hause und ging ins Schlafzimmer. Mir war eiskalt, und dennoch schwitzte ich. Meine Haut war klamm. Mein

Herz raste, als wollte es einen Wettbewerb gewinnen. Ich konnte nur daran denken, dass Alexia bei mir sein sollte. Dass ich sie hätte beschützen sollen. Ich hätte sie niemals allein zu diesem dämlichen Treffen gehen lassen dürfen! Mit einem wütenden Aufbrüllen wirbelte ich herum und schlug mit der Faust gegen die Wand. Putz bröckelte herab. Ich starrte auf meine aufgeplatzten Fingerknöchel, dann auf die Blutspuren an der Wand. Ich musste mich zusammenreißen, sonst war ich keine Hilfe für Alexia.

Auf dem Bett lag noch immer mein T-Shirt, das sie die Nacht zuvor getragen hatte. Ich nahm es in die Hand und drückte die Nase in den Stoff. Es roch nach ihr, und mein Herz krampfte sich zusammen. Für jede noch so kleine Verletzung, die sie ihr zugefügt hatten, würde ich einen Saint umbringen. Ich konnte nur hoffen, dass ich genug Unruhe verbreitete, um Alexia eine Chance auf Flucht zu verschaffen. Ich hatte wenig Hoffnung, dass ich das Clubhaus der Saints wieder lebend verlassen würde.

Ich öffnete eine Schublade der Kommode und lud meine Waffen neu, bevor ich sie anlegte. Danach verließ ich das Haus. Ich setzte mich auf meine Maschine. Der Motor erwachte brüllend zum Leben.

Es war Zeit, dass ich mir meine Frau zurückholte.

Kapitel 29

Alexia

Der nächste Schnitt zog sich einmal quer über meine Brust. Ich biss die Zähne zusammen und gab keinen einzigen Laut von mir. Ich trug nicht mehr als meine Unterwäsche. Und mein kleines, ledernes Werkzeugarmband um mein Handgelenk, das Ninos Blick entgangen war. Seine dunkelbraunen Augen starrten direkt in meine

»Du bist stärker geworden, meine Schöne. Früher hättest du schon längst geschrien.«

Ich zwang ein Lächeln auf meine Lippen. »Du weißt nichts über mich.«

Seine Hand griff schmerzhaft fest nach meinem Kinn, und er drückte mir den Kopf in den Nacken. »Oh doch, ich weiß alles über dich. Ich weiß, was du am liebsten isst. Ich weiß, dass du Angst vor Spinnen hast. Und«, er beugte sich ganz nah an mein Gesicht heran. Unsere Lippen berührten sich fast. »Ich weiß, wie deine Fotze schmeckt.«

Ich spuckte ihm ins Gesicht. »Bastard!«

Er knurrte und schlug mir mit der Faust ins Gesicht. Schmerz explodierte in meinem Kiefer und strahlte von dort in mein ganzes Gesicht aus. Trotzdem lachte ich. Direkt in seine verhasste Visage.

Das brachte mir einen langen Schnitt über den Oberschenkel ein. Die Haut glitt auseinander, Blut quoll hervor. Wieder verkniff ich mir jegliches Geräusch, obwohl der Schmerz brutal war. Ich würde lieber sterben, als ihm diese Genugtuung zu gönnen. Dieser Mistkerl würde nie wieder etwas von mir bekommen.

Ich war jetzt schon eine ganze Weile in dieser verlassenen Lagerhalle zusammen mit Nino eingesperrt. Draußen standen seine Bodyguards und sorgten dafür, dass uns niemand störte.

»Weißt du«, sinnierte er und ließ sich mir gegenüber in einen Stuhl sinken, »ich habe lange darüber nachgedacht, was ich mit dir tun würde, sobald ich dich wieder bei mir haben würde.«

Ich ignorierte ihn und machte stattdessen eine Bestandsaufnahme meiner Situation. Ich blutete aus gut einem Dutzend Wunden. Vermutlich war eine Rippe geprellt, denn ich hatte starke Schmerzen beim Atmen. Meine komplette linke Gesichtshälfte war ein einziges schmerzhaftes Pochen. Aber es gab auch einen Lichtblick. Anders als Raphael war Nino weitaus weniger gründlich gewesen, als er mich nach Waffen durchsucht hatte. Deswegen trug ich dankenswerterweise auch noch immer das lederne Armband, das mir dabei helfen würde, meine Handschellen zu knacken.

Denn meine Hände waren zwar gefesselt, allerdings hatte ich genug Spielraum, dass ich mit einer Hand an das Armband kam. Das konnte ich aber nur, wenn Nino von etwas anderem abgelenkt war.

Ich hing wie ein Stück Fleisch an einer langen Kette, die von der Decke baumelte. Ein seltsames Gefühl von Déjà-vu überkam mich. Raphael hatte das Gleiche getan. Allerdings wäre ich wirklich lieber wieder in seinem Keller als hier bei Nino.

Meine Schultern brannten wie die Hölle, da ich mit den Zehenspitzen nur ganz leicht den Boden berühren konnte. Ich brauchte nur ein bisschen Ruhe und Geduld, damit ich die Handschellen öffnen konnte.

»Ich habe viele Nächte damit verbracht, mir vorzustellen, wie deine Schreie wohl klingen würden.« Er strich sich mit der Hand übers Kinn. »Leider musst du mich erneut enttäuschen, indem du mir auch dieses Vergnügen verwehrst.« Er stand wieder auf. Das Licht der Baustellenlampen reflektierte auf der Klinge des Messers, das er hielt. »Da werde ich mir wohl mehr Mühe geben müssen.«

Er setzte die Spitze der Klinge direkt zwischen meinen Brüsten an. Er drehte das Messer, und es bohrte sich Millimeter für Millimeter in meine Haut. Der Schmerz trieb mir die Tränen in die Augen. Es war ein langsames, stetiges Brennen, das in meinen ganzen Körper ausstrahlte. Als die Klinge mein Brustbein berührte, hätte ich beinahe geschrien. Aber eben nur beinahe.

Ich hatte in den Jahren beim Kampftraining viel gelernt. Konzentration war der Schlüssel zu allem. Ich musste mich nur auf meine Atmung konzentrieren. Also öffnete ich die Lippen und sog die Luft tief in die Lungen, hielt sie fest und ließ sie langsam wieder entweichen. Dann fing ich Ninos Blick auf.

»Weißt du, was *ich* mir all die Jahre vorgestellt habe?«, fragte ich mit leiser Stimme.

Überraschung zeichnete seine Züge. Er hatte wohl nicht damit gerechnet, dass ich noch zu Gesprächen aufgelegt war. »Was, meine Schöne?«

»Ob du wohl genauso dämlich aus der Wäsche gucken würdest wie dein beschissener Sohn, wenn ich dir eine Kugel in den Kopf jage.«

Der Faustschlag traf mich direkt in die Magengrube. Zu schnell, als dass ich noch die Muskeln hätte anspannen können, um die Wucht des Schlags abzufangen. Ich keuchte. Die Luft wurde mir aus den Lungen getrieben, und ich konnte mich gerade noch davon abhalten, ihm vor die Füße zu kotzen.

»Ich werde dich dafür büßen lassen, was du meinem Sohn angetan hast!«, schrie er mich an.

»Zeig mir, was du draufhast, Bastard!«

Der nächste Schlag ließ mich Sterne sehen, aber dafür hielt ich jetzt den kleinen Dietrich in der Hand, der mich in die Freiheit führen würde.

Raphael

Als ich vor dem Clubhaus der Secret Saints vorfuhr, wurde ich bereits erwartet. Ich starrte die mickrigen Wichser an. Ich würde jeden von ihnen umbringen, wenn sie Alexia auch nur angefasst hatten.

Zuerst hatte ich überlegt, ob ich mich versteckt halten oder mich zuerst in Ruhe umsehen sollte, aber das würde nur Zeit verschwenden, und die hatte Alexia vermutlich nicht. Und ich würde ihr Leben nicht noch mehr in Gefahr bringen.

Also spazierte ich jetzt in ein altes, heruntergekommenes Haus voller Biker, die mich umbringen wollten.

Mitten in der Eingangshalle stand ein muskulöser Kerl voller Tattoos und richtete eine Waffe auf mich.

»Sanders«, sagte ich.

Der Präsident der Saints breitete die Arme aus und sah mich lächelnd an. »Archangel. Ich freue mich sehr, dich zu sehen.«

Ich sah mich um. Auf der Galerie standen Männer, genauso wie in der Eingangshalle selbst. Ich sah Pistolen, Schlagstöcke, Ketten und Baseballschläger. Aber keine Alexia.

»Wo ist sie?«

»Wer?«, fragte Sanders gut gelaunt.

»Du weißt genau, wen ich meine.«

»Oh, deine kleine Freundin?« Er grinste und machte einen Schritt zur Seite, gab den Blick auf einen einfachen Holzstuhl frei, der hinter ihm stand. »Sie ist nicht hier.«

Ich zog die Waffe, bevor ich die bewusste Entscheidung darüber getroffen hatte. »Wo ist sie?« Meine Stimme glich einem Knurren. Meine Haut glühte förmlich vor Zorn. Alles, woran ich denken konnte, war Alexia.

»Weißt du, vor einiger Zeit kam dieser Kerl zu mir. Nino Fontana. Sagt dir der Name was?«

Mein Nacken begann ungut zu prickeln. Natürlich kannte ich den Kerl. Er war ein Drogenboss, Waffen- und Menschenhändler, hatte Verbindungen zur Mafia und hatte eine aufstrebende politische Karriere vor sich. Er war so ziemlich der letzte Kerl, mit dem ich mich anlegen wollte. Was zum Teufel wollte der von Alexia?

»Er hatte ein irgendwie perverses Interesse an der Kleinen. Er gab mir verdammt viel Geld, damit wir den Mittelsmann spielen und sie aus ihrem Versteck locken.« Er tippte sich mit dem Lauf der Waffe ans Kinn, als müsste er nachdenken. »Inzwischen sollten die beiden zusammen die Stadt verlassen haben.«

»Nein!«, keuchte ich. Das durfte nicht wahr sein! Sie durfte nicht weg sein. Das konnte nicht …

«Oh doch. Und jetzt gehörst du mir.«

Jemand trat hinter mich, doch bevor ich reagieren konnte, prallte etwas gegen meine Schläfe und die Welt wurde dunkel.

Kapitel 30

Alexia

»Weißt du, was man über Männer mit langen Messern sagt?«, fragte ich und spuckte etwas Blut auf den Fußboden vor mir.

»Was sagt man denn, meine Schöne?« Nino verpasste mir einen Schnitt von der Kniekehle bis zum Hintern, bevor er wieder vor mich hintrat.

»Dass sie einen kleinen Schwanz haben.« Ich blickte bedeutungsvoll auf seinen Schritt. »Und da ich das Pech ja schon hatte, kann ich da nur zustimmen.«

Der Schlag war heftig, und für einen hoffentlich nur kurzen Moment verlor ich das Bewusstsein. Als ich das nächste Mal die Augen öffnete, stand Nino einige Meter von mir entfernt und trank aus einer Wasserflasche. Ich nutzte die Gelegenheit, da er mich nicht beobachtete, und machte mich an den Handschellen zu schaffen.

Ich provozierte ihn jetzt schon eine Weile, damit er nicht darauf achtete, was meine Hände taten. Gerade als ich dachte, dass ich es mit der nächsten Drehung meines Handgelenks schaffen würde, wandte sich Nino wieder zu mir um und lächelte.

»Ah, da bist du ja wieder«, sagte er fröhlich. »Ich hatte schon befürchtet, dass ich dich zu hart angefasst hätte.«

Ich musste husten, und der Schmerz in meiner Seite ließ mich beinahe wieder ins Nirwana sinken. Ich musste inzwischen ganz schön viel Blut verloren haben. Zwar waren die

Schnitte nicht tief genug, um Narben zu hinterlassen, aber es waren viele. Ich sollte mich beeilen, sonst würde ich bald nicht mehr genug Kraft haben, um mich zu befreien.

»Du kannst mich mal, Bastard.«

»Dein vorlautes Mundwerk hat dir schon damals nichts gebracht, meine Schöne.« Er kam wieder zu mir herüber, setzte das Messer an meinem Hals an und zog es ganz langsam über meine Haut. »Nichts außer Schmerzen.«

Ich versuchte, das Gewicht etwas zu verlagern, damit ich meine Schultern entlasten konnte. Allerdings half es nicht richtig.

»Erinnerst du dich noch an damals, meine Schöne?«

»Da musst du schon etwas genauer werden.« Ich verlor langsam das Gefühl in den Händen, und das machte mir Sorgen. Ich brauchte nur noch einen kurzen Augenblick, in dem Nino mir den Rücken zukehrte. Dann wären die Handschellen geöffnet, und ich würde mir die Pistole schnappen, die hinten im Bund seiner Hose steckte, und ihn erschießen.

»Du warst vielleicht dreizehn, und ich hatte ein wichtiges Meeting mit ein paar Kollegen. Du hast auf meinem Schoß gesessen, und ich hatte dich gebeten, ganz artig zu sein und nur zu sprechen, wenn man dir eine Frage stellt. Einer meiner Kollegen hatte seinen Sohn mitgebracht. Ich hatte überlegt, dich mit ihm zu verheiraten, und mein Kollege fragte dich, ob du seinen Sohn hübsch finden würdest. Er war ein paar Jahre älter als du. Nicht besonders groß und fürchterlich fett, aber das konnte mir ja egal sein. Jedenfalls wurde dir eine Frage gestellt, und weißt du noch, was du geantwortet hast?«

Ich schüttelte den Kopf. An den Abend konnte ich mich nicht mehr erinnern.

»Du hast deinen süßen Mund geöffnet und gesagt, dass du den Jungen furchtbar hässlich findest und ihn niemals heiraten würdest. Ich musste damals so heftig lachen, dass mir die Tränen kamen. Mein Kollege fand das natürlich nicht so lustig. Also ließ ich ihn und seinen Sohn töten. Da mir das aber einige Unannehmlichkeiten bescherte, musste ich dich ebenfalls bestrafen.« Er drehte mir den Rücken zu. »In dieser Nacht hast du so schön geschrien.«

Ich drehte mein Handgelenk. Es klickte leise, und die erste Handschelle öffnete sich. Schnell knackte ich auch das zweite Schloss und stürzte vorwärts. Meine Finger berührten das harte Metall, die Waffe glitt in meine Hand. Nino wirbelte zu mir herum und starrte mich mit weit aufgerissenen Augen an.

Ich drückte ab.

Der Schuss zerschnitt die Luft wie ein Peitschenhieb, und Nino sank mit einem Loch in der Stirn zu Boden.

»Ja, der gleiche dämliche Gesichtsausdruck wie sein Sohn.«

Im nächsten Moment wurde das Tor zur Lagerhalle aufgerissen und die drei Bodyguards stürmten herein. Den ersten konnte ich sofort töten, dann musste ich mich hinter einem Pfeiler in Sicherheit bringen.

Ich versuchte, flach zu atmen, damit sich meine Seite nicht anfühlte, als würde sie in Flammen stehen. Gleichzeitig senkte ich die Waffe, weil ich das Gefühl hatte, mir würde sonst der Arm abfallen. Ich kam an meine Belastungsgrenze und konnte das überhaupt nicht gebrauchen. Links und rechts schlugen die Kugeln in den Boden.

Ich schloss die Augen und lauschte, wartete den nächsten Schuss ab und wagte mich dann aus der Deckung. Es knallte, der Rückstoß fühlte sich an, als würde mir der Arm abgerissen, aber das schmerzerfüllte Keuchen und der darauffolgende dumpfe Aufprall verrieten mir, dass ich einen weiteren Bodyguard getroffen hatte.

Ich drückte mich wieder gegen den Pfeiler und wartete. Allerdings waren die Schüsse verklungen. Es schien fast so, als hätte der Letzte aus den Fehlern der anderen gelernt.

Wieder schloss ich die Augen, zwang mein Herz dazu, ruhiger zu schlagen, damit ich noch etwas anderes außer dem rauschenden Blut in meinen Ohren hören konnte.

Da waren Schritte, und sie kamen von rechts. Er bewegte sich wirklich leise, aber ich hörte ihn dennoch. Ich wartete, wusste, dass es bald keine Deckung mehr geben konnte, hinter der er sich verstecken konnte. Sämtliche Kisten und alte Gerätschaften befanden sich im vorderen Teil der Halle, und ich stand beinahe ganz hinten. Die Schritte kamen näher. Ich wartete bis zum letzten Moment, dann wirbelte ich herum und schoss. Leider war der Bodyguard flinker, als ich erwartet hatte. Er hechtete zur Seite, und ich traf nur seine Schulter.

Schmerz fuhr mir in den Oberschenkel.

Sofort feuerte ich ein zweites Mal, und dieses Mal traf ich sein Herz. Dann sah ich an mir herab. Der Mistkerl hatte mich am Oberschenkel getroffen.

Nachdem ich sicher war, dass keine weiteren Bodyguards die Lagerhalle stürmen würden, ließ ich die Waffe fallen. Glücklicherweise schienen keine wichtigen Gefäße getroffen worden zu sein, denn dafür blutete die Wunde nicht stark genug. Außerdem war die Kugel auf der Rückseite des Beins wieder ausgetreten. Trotzdem musste ich so schnell wie möglich von hier verschwinden. Ich musste zu Raphael.

Ich ging nach draußen. Es kümmerte mich nicht, dass wahrscheinlich früher oder später jemand die Leichen und auch meine Blutspuren finden würden. Das war das Gute daran, wenn man in keiner Datenbank zu finden war. Meine DNA würde die Cops nirgendwohin führen. Und selbst wenn ich durch irgendwelche unvorhergesehenen Ereignisse einmal festgenommen werden sollte, genügte ein Anruf, und man würde mich freilassen und meine Spuren aus der Datenbank löschen. Das war der Vorteil, wenn man Freunde in hohen Positionen hatte.

Die Sonne war längst untergegangen, und die Nachtluft ließ mich frösteln. Vor der Halle parkte der Jeep, mit dem wir hergefahren waren. Sogar der Schlüssel steckte. Ich startete den Wagen und sah mich um. Auf der Hinfahrt hatten sie mir die Augen verbunden, daher hatte ich keine Ahnung, wo wir uns befanden. Netterweise hatte die teure Karre ein eingebautes Navi, und ich gab die Adresse des Clubhauses der Angels ein. Raphael würde inzwischen aufgefallen sein, dass etwas nicht nach Plan gelaufen war. Daher vermutete ich, dass er nicht zu Hause war, sondern dort.

Kurz stockte ich, bevor sich ein kleines Lächeln auf meinen Lippen ausbreitete. *Zuhause.* Inzwischen waren Raphael und sein Haus für mich mein Zuhause. Der Gedanke erzeugte ein seltsam warmes Gefühl in meiner Brust.

Ich schüttelte den Kopf. Dafür hatte ich jetzt nun wirklich keine Zeit. Ich wusste nicht, ob Nino die *Angels* nicht trotzdem angegriffen hatte. Ich wusste gar nichts. Vielleicht waren sie alle längst tot. Ich wendete den Wagen und ließ die Lagerhalle hinter mir.

Es gab nur einen Weg, das herauszufinden.

Kapitel 31

Alexia

Die Fahrt zum Clubhaus dauerte länger und war schwieriger als erwartet, denn ich schien hin und wieder das Bewusstsein zu verlieren. Außerdem war mir arschkalt. Verdammter Blutverlust.

Mein beschissener Zustand nahm mir beinahe sämtliche Freude daran, dass ich Nino getötet hatte. Vielleicht lag es auch daran, dass ich es noch nicht richtig realisiert hatte. Sonst würde ich wahrscheinlich freudestrahlend durch die Gegend springen. Endlich kam das Clubhaus in Sicht, und mir gefiel gar nicht, was ich sah. Draußen standen unzählige Bikes, und sämtliche Fenster der Scheune waren hell erleuchtet. Ich wusste, dass heute keine Party geplant war und auch keine Versammlung der Angels. Warum also waren sie alle hier?

Ich hatte gerade den Motor abgestellt, als die Tür aufging und Spades mit gezückten Waffen den Hof betrat. Gefolgt von einigen Angels, ebenfalls mit Pistolen in den Händen.

»Wir sind heute alle verdammt schlecht gelaunt, und wir mögen keine Fremden. Also Hände hoch und aussteigen, Arschloch!« Seine Stimme dröhnte durch die Nachtluft, und ich runzelte die Stirn.

Was war während meiner Abwesenheit passiert? Wo war Raphael?

Da ich inzwischen wusste, dass Spades nicht nur ein exzellenter Pokerspieler, sondern auch ein verdammter Scharfschütze war, öffnete ich die Autotür und hob die Hände, als ich langsam ausstieg.

»Selber Arschloch«, rief ich, sobald ich neben dem Wagen stand, und grinste schief.

»Alexia?« Spades nahm die Waffe runter und stand im nächsten Augenblick neben mir. Er nahm mich in die Arme, und ich zuckte zusammen.

»Autsch. Sei vorsichtig. Geprellte Rippe.«

Er hielt mich auf Armeslänge von sich entfernt. Sein Gesichtsausdruck wechselte so schnell zwischen Wut, Angst und Sorge, dass mir davon ganz schwindelig wurde. »Was ist mit dir passiert, Kleine? Waren das die Saints? Und wo ist Archangel?«

Ich schüttelte den Kopf. »Was? Die Saints?« Ich versuchte, mein benebeltes Gehirn zum Arbeiten zu bewegen. »Wovon redest du?«

»Kleine, ich sage es wirklich nur ungern, aber wir haben nur sehr wenig Zeit. Also erst du. Dann ich. Und Kurzfassung bitte.«

»Genug Zeit, um reinzugehen und mir Kleidung zu besorgen?«

Spades warf mir einen schnellen Blick zu, dann nickte er und führte mich ins Innere des Clubhauses. Schon wurde ich auf einen Barhocker verfrachtet, mir wurde eine Decke um die Schultern gelegt, ein Glas Wodka vorgesetzt, und jemand ging auf die Suche nach Kleidung für mich. Ich stürzte den Wodka hinunter.

Spades sah mich an. »Erzähl.«

»Nino Fontana hat mich im Alter von sechs Jahren von der Straße geholt. Er hat mich großgezogen, geschlagen und vergewaltigt. Ich habe seinen Sohn erschossen, nachdem er in mir gekommen war. Seitdem war ich auf der Flucht. Der Auftraggeber, der mich auf euch angesetzt hat, war nur ein Mittelsmann, damit Nino an mich herankommen konnte. Heute Abend hat er mir aufgelauert. Das Ergebnis seiner Wiedersehensfreude siehst du hier.« Ich deutete auf meinen zerschundenen Körper. »Ich habe ihn getötet.« Ich nickte ihm zu. »Jetzt du.«

Spades sah mich mit weit aufgerissenen Augen an, blinzelte einmal und räusperte sich. »*Der* Nino Fontana?«, fragte er.

Ich nickte.

Er fuhr sich mit einer Hand durch die Haare. »In Ordnung. Also Archangel wurde nervös, als du nicht wieder aufgetaucht bist. Wir haben deinen Peilsender«, bei dem Wort runzelte ich die Stirn, hielt in der Situation aber vorerst den Mund, »geortet und sind zu dem Hotel gefahren. Aber da warst du nicht. Als wir zurück zum Clubhaus kamen, wartete eine Nachricht auf uns. Von den Saints. Du gegen Archangel. Dreimal darfst du raten, was danach passiert ist.«

»Er ist alleine gegangen, um mich zu holen.«

»Er ist halt ein Idiot.« Spades grinste mich schief an, aber die Sorge stand ihm klar ins Gesicht geschrieben.

In dem Moment tauchte ein Biker auf und warf mir Jeansshorts und ein viel zu großes Männershirt zu. Ich starrte beides einen Augenblick lang an, bevor ich vom Barhocker glitt und mich anzog.

»Wir sollten ihn uns zurückholen.«

Spades sah mich fragend an, sein Blick glitt über meine Wunden. Vermutlich sah ich ziemlich beschissen aus.

»Aber du …«

»Scheiß drauf. Raphael gehört zu mir. Ich werde bestimmt nicht hier auf meinem Arsch sitzen und Däumchen drehen. Ich zieh das mit oder ohne dich durch.« Ich verschränkte die Arme vor der Brust.

Einen langen Moment sah er mich an, dann nickte er. »Gut. Aber versuch, nicht draufzugehen. Archangel würde mich einen Kopf kürzer machen.«

Ich lachte leise, und die Bewegung schickte einen scharfen Stich in meine Seite. »Okay, das ist der Plan. Du bringst mich nahe genug zum Clubhaus der Saints, ohne dass sie uns bemerken. Ich schleiche mich rein, und auf mein Zeichen hin stürmt ihr den Laden und knallt alles ab, was sich bewegt. Außer Raphael und mich natürlich.«

»Wieso gehst du alleine rein?«

»Weil wahrscheinlich außer dir, mein kleiner Exmarine, niemand von euch Jungs auch nur im Entferntesten weiß, was es bedeutet, unauffällig zu sein. Also gehe ich rein, sehe mich um und stelle sicher, dass Raphael überlebt. Denn wenn ihr da reingeht und anfangt rumzuballern, werden sie ihn sofort töten.«

»Manchmal frage ich mich, was Archangel überhaupt an dir findet. Und dann gibt es solche Momente, und ich verstehe ihn.«

Ich grinste. »Legen wir los.«

Raphael

Mein ganzer Körper war ein einziges schmerzhaftes Pochen. Aber das war wahrscheinlich normal, wenn man in die Fänge eines verfeindeten Bikerclubs geriet. Ich spuckte Blut und sah dann Sanders wieder an.

»Das muss ja wie Weihnachten für dich sein«, sagte ich.

»Oh, du hast ja keine Ahnung.« Er ließ die Fingerknöchel knacken und rollte den Kopf von links nach rechts.

Mein Blick schweifte durch die Eingangshalle. Überall standen Saints herum, ein fettes Grinsen im Gesicht, und warteten auf ihre Chance, dem berüchtigten Archangel eins in die Fresse zu hauen.

Unauffällig testete ich erneut meine Fesseln. Leider hatte Sanders ganze Arbeit geleistet, und ich konnte mich keinen Millimeter bewegen. Aber das musste ich. Schließlich war Alexia noch da draußen, und Nino Fontana tat ihr weiß Gott was an. Das konnte ich nicht zulassen.

Leider war ich jetzt schon einige Zeit hier, und mir war noch kein genialer Plan eingefallen, wie ich rauskommen sollte.

Eine Faust traf meinen Kiefer, und mein Kopf flog zur Seite. Schmerz erblühte wie eine Blume unter der Sonne auf meiner rechten Gesichtshälfte.

»Verdammte Scheiße!« Ich schüttelte den Kopf, um die schwarzen Punkte aus meinem Sichtfeld zu vertreiben. »Du solltest mal eine Therapie machen, Alter. Ich spüre da ein paar unterdrückte Aggressionen. Schwere Kindheit gehabt?«

Der nächste Schlag landete in meinem Magen. Ich stellte mir vor, dass es sich so anfühlte, wenn einen ein Güterzug überrollte. Sanders war wirklich kein Waschlappen.

»Leck mich, Arschloch!«

»Habe ich da etwa einen wunden Punkt getroffen, Sanders?« Ich grinste, obwohl die Bewegung den Cut in meiner Unterlippe erneut aufreißen ließ. Frisches Blut lief mir übers Kinn, tropfte von dort auf mein Shirt.

»Dafür, dass du gefesselt und auf meinem Territorium bist, hast du eine verdammt große Fresse, Archangel.«

Ich unternahm einen erfolglosen Versuch, mit den Schultern zu zucken. Meine Fesseln hinderten mich daran. »Ich hatte schon immer eine charmante Persönlichkeit.«

Sanders holte aus und verpasste mir einen weiteren Faustschlag ins Gesicht.

Mein Kopf flog zurück gegen die Rückenlehne, und ich starrte zur Galerie hinauf, die sich einmal durch die komplette Eingangshalle zog. Auf dem vorderen Teil, über der Eingangstür, standen längst nicht so viele Biker wie über mir. Zwei breite Säulen ragten vom Fußboden bis hinauf zur Decke. An einer davon lehnte einer der Saints. Er stand im Halbschatten, weswegen ich sein Gesicht nicht erkennen konnte. Was ich aber ganz deutlich erkennen konnte, war, dass er plötzlich in sich zusammenfiel. Jetzt standen dort nur noch zwei andere Biker. Ich blinzelte, weil mir etwas Blut von der Wunde an der

Augenbraue ins Auge lief, und als ich wieder halbwegs klar sehen konnte, waren auch die anderen beiden Biker verschwunden.

Aber keiner schien es zu bemerken, da alle nur mich und Sanders anstarrten. Ich richtete den Blick wieder auf den Präsidenten der Saints und fragte mich, ob ich ein schweres Schädel-Hirn-Trauma erlitten hatte und zu halluzinieren begann.

Sanders unterhielt sich gerade mit einem anderen Biker, weswegen ich den Blick noch einmal zur Galerie gleiten ließ.

Mein Herz verfehlte einen Schlag, meine Muskeln spannten sich an, und ein Schauer rann mir über die Wirbelsäule. Ich blinzelte, aber das Bild verschwand nicht.

Flammend rotes Haar. Eine Pistole, die auf Sanders‹ Kopf gerichtet war.

Ich starrte Alexia an, und für mich sah es so aus, als würde sie mich anlächeln. Ein Schuss löste sich, und im nächsten Moment fiel Sanders zu Boden. Ein Loch in der Stirn.

Schon brach Hektik aus, und die Saints blickten wild um sich, suchten Schutz. Mein Herz blieb beinahe stehen, als einer von ihnen die Hand hob und auf die Galerie zeigte, wo Alexia noch immer stand.

»Da! Da oben!«

Plötzlich richtete sich die Aufmerksamkeit sämtlicher Männer in diesem Raum auf meine Frau.

Das konnte sie nicht schaffen. Sie war gut. Wirklich gut. Aber nicht *so* gut. Sie konnte nicht im Alleingang einen ganzen MC ausschalten. Aber wieso war sie dann hier? Was war der Plan? Ich betete, dass sie einen Plan hatte, sonst wären wir beide bald tot.

Bevor ich weiter darüber nachdenken konnte, öffnete sich die Eingangstür, und die Angels of Death kamen herein. Danach brach die Hölle los.

Ich blickte wieder hoch zur Galerie, aber Alexia war verschwunden. Angst machte sich in meiner Magengegend breit, dann spürte ich jemanden hinter mir.

»Hallo, Schatz.«

Alle Anspannung wich aus meinem Körper, und ich schloss für einen Moment die Augen, gestattete mir ein kleines Lächeln.

»Hallo, Reaper.«

Im nächsten Moment waren meine Fesseln verschwunden, und ich sprang vom Stuhl auf, um Alexia und mich in Sicherheit zu bringen. Erst da sah ich ihre Verletzungen. Heiße Wut explodierte in mir, tauchte alles in einen roten Nebel, und ich hatte plötzlich das Bedürfnis, jemanden in Stücke zu reißen. Mit bloßen Händen.

Alexia musste meinen Gesichtsausdruck richtig gedeutet haben, denn sie griff nach meinem Handgelenk. »Später.« Plötzlich riss sie die Waffe hoch, und der laute Knall schmerzte mir in den Ohren. Ich brauchte mich gar nicht erst umzusehen. Gerade hatte ein weiterer Saint das Leben verloren.

Alexia zog mich hinter ein massives Regal und drückte mir eine Waffe in die Hand. Überall knallten Schüsse, und Schmerzenslaute hallten durch das Haus. »Deine Armee ist hier. Zeit, ein paar Arschlöcher zu töten.«

»Was ist mit dir …«

Sie schüttelte den Kopf. »Darüber reden wir später.«

Ich sah in ihre funkelnden grünen Augen, legte meine freie Hand an ihre Taille und zog sie an mich. Ich plünderte ihren Mund, nahm mir Zeit, sie von Neuem zu erkunden. Als stünden wir nicht mitten auf einem Schlachtfeld. Sie schmeckte nach Blut und Wodka, und es war das Berauschendste, was ich je gekostet hatte.

Als ich mich zurückzog, hatten ihre Augen diesen gewissen Glanz, der mich wünschen ließ, wir wären zu Hause in unserem

Schlafzimmer. Aber das waren wir nicht. Wir waren auf feindlichem Gebiet, und es war an der Zeit, dass ich mich für das, was sie Alexia und mir angetan hatten, erkenntlich zeigte.

»Lass uns in ein paar Ärsche treten, Reaper.«

Kapitel 32

Raphael

Ich schnitt einem Kerl die Kehle durch und ließ seinen leblosen Körper zu Boden sinken. Schon wirbelte ich herum und entdeckte den Vizepräsidenten der Saints. Er kniete vor Alexia auf dem Boden, und sie hielt ihm ein Messer an die Kehle.

Grinsend zog ich meine Waffe und hielt ihm den Lauf an die Stirn. Um uns herum herrschte das reinste Chaos. Kein Möbelstück stand mehr auf seinem Platz, unzählige Einschusslöcher zierten die Wände, Fenster waren zersplittert, und Blut und Leichen bedeckten den Boden.

Die Angels hatten gewonnen und hielten die noch überlebenden Saints unter Kontrolle. Männer knieten auf dem Boden, während meine Leute sie mit Waffen bedrohten.

Ich sah Alexia an und war mir sicher, dass das Blut, das auf ihrem Körper klebte, jetzt nicht mehr nur ihr eigenes war. In einer Hand hielt sie eine Pistole, in der anderen das Messer. Sie war heute Abend ein rothaariger Sensenmann gewesen. Der Red Reaper, vor dem sich alle fürchteten.

»Also, das ist mein Angebot«, sagte ich und hielt meine Stimme laut genug, damit alle noch lebenden Saints mich hören konnten. »Sanders ist tot, damit hast du jetzt die Kontrolle hier, Leo. Es ist also deine Entscheidung, ob du das Angebot annimmst oder nicht.«

Leo sah zu mir auf und schluckte. »Wie lautet es?«

»Die Secret Saints verlassen die Stadt. Salt Lake City gehört jetzt den Angels of Death. Ihr pfuscht nicht in unseren Geschäften herum. Ihr arbeitet nicht gegen uns. Wenn ich noch einen von euch dreckigen Mistkerlen auf unserem Gebiet sehe, werden wir kommen und euch alle töten. Einverstanden?«

Er ließ den Blick aus seinen goldenen Augen, denen er seinen Namen verdankte, durch den Raum gleiten, betrachtete die knienden Saints. Es dauerte nicht lange, bis er eine Entscheidung getroffen hatte. »Einverstanden.«

»Gut.« Ich warf Alexia einen Blick zu, und sie nickte. Dann nahm ich die Waffe runter, und sie trat einen Schritt zurück. »Ihr habt zwölf Stunden. Dann seid ihr verschwunden. Wir werden kommen und es kontrollieren.«

Leo nickte.

Ich sah die anwesenden Angels an. Unter den Toten waren auch einige von uns, und mein Herz schmerzte bei dem Gedanken daran. Wir waren eine Familie.

Heute Nacht hatte ich Brüder verloren.

Ich hatte einen Arm um Alexia gelegt und hielt sie vorsichtig an meine Seite gedrückt. Inzwischen wusste ich von der geprellten Rippe, und die Wut über ihren Zustand ließ meine Haut unangenehm prickeln.

»Wer?«, fragte ich Spades.

Alexia rückte näher an mich heran, signalisierte stumm ihre Unterstützung.

Wir waren zurück im Clubhaus, und Spades hatte eine Bestandsaufnahme unserer Verluste gemacht.

»Bam Bam, Tiger, Hollywood, Sergeant, Sweety und Butterfly.«

Ich zuckte zusammen und ließ den Kopf auf die Brust sinken. Ich schloss die Augen und sandte stumm ein Gebet für diejenigen, die wir verloren hatten. Danach hob ich den Kopf und sah Spades wieder an. »Heute Nacht sollen alle ihre Wunden versorgen. Morgen werden wir ihnen einen gebührenden Abschied geben.«

Alexia schloss die Tür hinter uns und lehnte die Stirn gegen das Holz. Ich starrte meine wunderschöne Frau an, betrachtete ihren zerschundenen und blutigen Körper. Als würde sie meinen Blick auf sich spüren, drehte sie den Kopf und sah mich über die Schulter hinweg an.

»Warum siehst du mich so an?«

»Du bist wunderschön.«

Sie lachte und griff sich dabei an die Seite. »Autsch. Du darfst mich nicht zum Lachen bringen.«

Ich starrte auf ihre Lippen. »Wie schlimm ist es?«

Sie deutete meinen Blick vollkommen richtig, denn ein sinnliches Lächeln breitete sich auf ihrem Gesicht aus. »Nicht *so* schlimm.«

Ich legte meine Hände auf ihre Hüften und zog sie daran zu mir. »Ich werde vorsichtig sein, Reaper.«

»Ich hoffe nicht.«

Ich griff nach dem Saum ihres Shirts und zog es ihr über den Kopf. Dort entdeckte ich weitere Wunden und blaue Flecke. Der BH hatte einige Blutspuren. Ich fuhr mit der Hand über ihre unverletzte Seite, legte sie um ihren Hals und bog ihren Kopf für einen Kuss zurück. Unsere Lippen berührten sich, und wie immer fühlte es sich an, als wäre ich vom Blitz getroffen. Ich trank ihren Atem, schluckte ihr leises Wimmern.

Mit der freien Hand öffnete ich ihren BH, zog ihn ihr aus und warf ihn zu dem Shirt auf den Boden. Als Nächstes machte ich mich an den Shorts zu schaffen. Stoff raschelte, dann trug sie nur noch ihren Slip.

Ich ließ mich vor ihr auf die Knie sinken, streifte ihr auch das letzte Kleidungsstück ab. Dass wir beide blutig waren, störte mich dabei nicht im Geringsten. Mit den Fingern teilte ich ihre bereits feuchten Schamlippen und vergrub den Kopf zwischen ihren Beinen. Alexias Hände fuhren zu meinem Kopf, ihre Fingernägel strichen über meine Kopfhaut, als ich an ihrer Klit zu saugen begann. Ihr Stöhnen erfüllte die Luft um uns herum, und ich strich härter mit der Zunge über ihre kleine Perle.

Als sie sich mir stöhnend und zitternd entgegenbog, hörte ich auf.

Ich stand auf, griff nach ihren Oberschenkeln und hob sie hoch. Vorsichtig drückte ich sie mit dem Rücken gegen die Wand, denn ich hatte ihre geprellte Rippe nicht vergessen. Sie legte die Beine um mich, und ich strich mit der Spitze meiner Erektion einmal durch ihre nassen Falten. Wir beide richteten den Blick zwischen unsere Körper. Ich positionierte mich vor ihrem Eingang und drang dann langsam in sie ein.

Ich hatte Prellungen, Schnitte und andere offene Wunden. Mein ganzer Körper schmerzte, und nach dem Zustand von Alexia zu urteilen, musste sie sich ganz ähnlich fühlen. Und trotzdem vergaß ich all das in dem Moment, in dem ich mich tief in ihr vergrub. Ihre Muskeln umschlossen mich. Wir beide stöhnten leise.

Ich verharrte einen Moment lang, dann begann ich, mich heftig und tief in sie zu rammen. Meine Begierde hatte sich über die letzten paar Stunden aufgebaut, vermischte sich mit der Sorge und der Wut, die ich wegen Alexia empfunden hatte, bis ich nicht mehr klar denken konnte. Alles, was ich wusste, war, dass ich sichergehen musste, dass es ihr gut ging. Dass sie hier war. Am Leben. Bei mir.

Ich strich einmal über ihren Körper, und frisches Blut sickerte aus einer der Wunden oberhalb ihrer Brust, als ich diese umfasste. Ich starrte auf die rote Flüssigkeit, beobachtete, wie sie sich langsam über meine Hand ausbreitete, während ich immer tiefer in sie eindrang. Alexia warf stöhnend den Kopf zurück, bog mir ihr Becken entgegen.

Ich wusste, dass ich pervers und völlig abgefuckt war. Aber selbst ich war von mir selbst überrascht, als ich mit der Hand über die Wunde strich und meine Haut mit Alexias Blut bedeckte. Ich hob die Hand an ihren Hals und drückte zu. Sie keuchte, riss die Augen auf und starrte mich an.

»Fester.« Ihre Stimme klang kratzig durch den Druck.

Ich erfüllte ihr den Wunsch. Ich konnte spüren, wie sie noch nasser wurde, und knurrte zufrieden.

»Du gehörst mir, Alexia.« Meine Stimme glich einem tiefen Grollen. Meine Hand schnitt ihr die Luftzufuhr ab. Ihre grünen Augen starrten in meine. Ich spürte, wie ihr Körper sich gegen den Sauerstoffmangel auflehnen wollte, aber Alexia rührte sich nicht. Sie vertraute mir, hielt still. Ihre Pupillen wurden immer größer, bis ihre Lider zu flackern begannen. Ich drückte ein letztes Mal zu, bevor ich die Hand wegnahm.

Alexia holte keuchend Atem, und ich starrte auf den blutigen Handabdruck, den ich auf ihrer Haut hinterlassen hatte.

Ich stieß hart in sie. »Sag es!«

Sie wimmerte, strich rastlos mit den Händen über meine Arme. Ihre Nägel bohrten sich in meine Haut.

»Ich gehöre dir!« Sie stöhnte laut am Ende des Satzes.

»Du bist mein«, bestätigte ich.

Meine Stöße wurden immer härter, bis ich schon fürchtete, dass ich ihr wehtat. Aber anstatt mir zu sagen, dass ich aufhören sollte, flehte sie um mehr.

»Raphael.«

Mein Name klang wie eine Bitte auf ihren Lippen, und ich erfüllte ihr nur zu gern jeden Wunsch.

Mein Mund suchte ihren, und ich nahm mir, was ich wollte. Meine Zunge strich über ihre, ich trank ihren Geschmack. Ihr Körper begann zu zittern, das Wimmern wurde lauter. Ich rammte mich tief in sie, und Alexia riss sich von meinem Mund los. Sie warf den Kopf zurück und stöhnte meinen Namen. Sie verkrampfte sich um meinen Schwanz, massierte mich. Die Erschütterungen ihres Körpers rissen auch mich mit ins Nirwana. Mein Schwanz zuckte tief in ihr, und ich bettete den Kopf an ihre Schulter.

Während ich noch versuchte, wieder zu Atem zu kommen, fuhr Alexia mir sanft mit den Händen über den Rücken.

»Wir sind dreckig und blutig. Wir sollten duschen und unsere Wunden versorgen.«

Ich drückte einen Kuss auf ihre Haut. »Was immer du willst, Reaper.«

Kapitel 33

Alexia

Ich hörte, wie Raphael zischend Luft holte, während ich seine Wunden mit Desinfektionsmittel behandelte.

»Wie geht es jetzt weiter?«, murmelte ich, als ich sein Gesicht betrachtete und dann nach einem passenden Pflaster für die Wunde an seiner Augenbraue suchte. Der Erste-Hilfe-Kasten stand offen auf der Küchenanrichte neben mir.

»Morgen werden wir kontrollieren, ob die Saints die Stadt verlassen haben. Danach kümmern wir uns um die Beerdigungen. Wir haben sechs Angels verloren, und sie verdienen einen würdigen Abschied. Sie sind für mich gestorben.«

Ich küsste seine Stirn. »Es war nicht deine Schuld. Es war meine. Was werden sie dazu sagen?«

Er zuckte mit den Schultern. »Ich bin ihr Anführer. Du gehörst zu mir. Und damit zu uns. Mehr gibt es dazu nicht zu sagen.«

Ich runzelte die Stirn. »Und wenn es deswegen Probleme geben wird?«

»Dann kümmern wir uns darum, wenn es so weit ist.«

Ich ließ das Thema fallen. Nachdem ich mit seinem Gesicht fertig war, ging ich zu seiner Schulter über. Dort nahm ich den Mullverband weg, mit dem ich versucht hatte, die Blutung der Schnittwunde zu stoppen, und warf das blutige Verbandsmaterial auf den Boden zu den anderen. Inzwischen sah unser Küchenfußboden aus, als wären wir ein Lazarett in einem Kriegsgebiet.

Nachdem Raphael meine Wunden versorgt hatte, war jetzt er an der Reihe. Beinahe überall auf meinem Körper klebten Pflaster, und mein Oberkörper war in enges Verbandsmaterial gewickelt, um die Schmerzen in meiner Seite zu dämpfen und meinen Bewegungsspielraum so weit einzuschränken, dass ich mich ruhig verhielt.

Noch hatte ich keine Schmerztabletten eingeworfen. Schließlich brauchte ich einen klaren Kopf, um mich um Raphael zu kümmern. Aber ich freute mich jetzt schon auf den Moment, wenn ich mit ihm fertig war und mich wegdröhnen konnte. Mir tat alles weh.

Ich beugte mich über seine Schulter. »Das muss ich nähen.«

Er nahm einen großen Schluck aus der Wodkaflasche, die auf der Anrichte stand. »Leg los.«

Während ich mir Nadel und Faden bereitlegte und alles noch einmal gründlich desinfizierte, nahm Raphael noch einen weiteren großen Schluck aus der Flasche.

»Du warst viel tapferer als ich, während ich deine Wunden versorgt habe«, murmelte er. Seine Aussprache war schon ein wenig schleppend.

»Ich wusste ja auch, dass ich mich danach noch um dich kümmern muss.«

Ich drückte die Wundränder zusammen und setzte die Nadel an. Beim ersten Einstich zuckte er kaum zusammen. Der Alkohol zeigte also bereits seine Wirkung.

»Erzähl mir, was passiert ist, Reaper.«

Wie immer, wenn er mich so nannte, rann mir ein warmer Schauer über den Rücken. »Was willst du wissen?«

»Alles.«

Ich stach die Nadel ein weiteres Mal durch seine Haut. »Ich war ein Waisenkind. Jedenfalls wurde mir das erzählt. Keine Ahnung, wer meine Eltern waren und ob sie noch leben oder nicht. Es hat mich nie interessiert. Ich habe in einem Kinderheim gelebt, konnte mich aber nie integrieren. Die anderen Kinder hielten mich für merkwürdig. Mit sechs Jahren bin ich abgehauen und hab mein Glück auf der Straße versucht. Wie du dir denken kannst, war das keine besonders gute Idee. Ich war gerade zwei Wochen allein da draußen, als ein Mann mich fand und versprach, er würde auf mich aufpassen, für mich sorgen. Mir ein Zuhause geben.«

»Nino Fontana.«

Ich sah ihn überrascht an. »Woher weißt du das?«

»Sanders hat ein wenig geplaudert, während er sich mit mir vergnügt hat.«

»Mhm«, machte ich. »Er hat nicht gelogen. Es war Nino Fontana. Natürlich hatte ich damals keine Ahnung, wer er war. Das fand ich erst viel später heraus. Also ging ich mit ihm. Er hatte ein wunderschönes Haus. Riesig. Mit einem Pool. Es gab Dienstmädchen, die mit mir spielten, und abends las er mir immer Geschichten vor. Ich war das glücklichste Mädchen auf der Welt. Ich wurde älter, und irgendwann fielen mir merkwürdige Dinge auf. Die Männer im Haus trugen Waffen, ständig kamen und gingen Leute, die gefährlich aussahen. Die meisten Türen waren immer verschlossen, und ich durfte nie in den Keller gehen. Es dauerte zwei Jahre, dann schlug er mich das erste Mal.«

Raphael sah zu mir auf. Hass glühte in seinen Augen, und ich drückte ihm einen Kuss auf die Nasenspitze.

»Lass mich erzählen, okay?«

Er nickte, und ich sprach weiter. »Wie gesagt, er schlug mich. Aber da war es schon zu spät. Ich liebte ihn. Er war alles für mich, und so suchte ich die Schuld bei mir und fand Entschuldigungen für ihn. Außerdem lullte er mich ein, erzählte mir die schlimmsten Horrorgeschichten von kleinen Mädchen, die auf der Straße lebten. Also blieb ich, und mit vierzehn vergewaltigte er mich das erste Mal.«

Raphael riss sich von mir los. »Warte. Er hat *was*?«

Ich sah ihn an und hob langsam eine Braue. Ich konnte den Hass sehen, die Wut. Seine dunklen Augen glühten so furchteinflößend, dass ich beinahe einen Schritt zurück gemacht hätte. Aber nur beinahe. Denn ich kannte Raphael und wusste, dass er mich niemals verletzen würde – wenn ich es nicht wollte. Diese Zeiten lagen hinter uns. Wir hatten uns beide verändert, weil wir einander nun vertrauten.

Ich nahm die Wodkaflasche von der Anrichte und drückte sie ihm in die Hand. Widerstrebend nahm er einen weiteren, ziemlich großen Schluck, bevor er mir bedeutete weiterzureden.

Ich wendete mich wieder seiner Schulter zu. »Ich erspare dir die Details. Aber als ich sechzehn war, schickte er seinen Sohn zu mir. Nino war bereits schlimm, aber sein Sohn …« Ich stoppte für einen Moment, bevor ich auch das letzte Stück der Wunde vernähte.

Raphael legte die Hand an meine Hüfte und drückte sie leicht.

«Sein Sohn war die Hölle. Ich wusste, dass ich ihn nicht überleben würde. Also schoss ich ihm in den Kopf. Nino war nicht so begeistert. Ich lief weg, lernte zu kämpfen und wurde Söldnerin. Ich versteckte mich.« Ich verknotete den Faden, desinfizierte die Wunde erneut. Dann wandte ich mich seinen Prellungen und Schürfverletzungen zu.

Aber Raphael griff nach meinen Handgelenken und hielt sie fest. »Und dann?«, fragte er und sah mich an. Seine dunkelbraunen Augen hatten etwas von ihrer wütenden Intensität verloren, aber ich konnte sie dennoch erkennen. Er wollte Rache für das, was man mir angetan hatte. Aber die hatte ich schon bekommen.

»Jemand rief mich an und machte mir ein Jobangebot. Ich sollte die Angels of Death ausspionieren.«

»So bist du bei mir gelandet.«

Ich nickte. »Als ich heute …« Ich sah auf die roten Ziffern am Backofen. »Als ich *gestern* zu dem Treffen mit Luar ging …«

«Luar?«, fragte Raphael.

Stimmt, ich hatte Raphael noch gar nichts von meinem Auftraggeber erzählt. »Luar war mein Auftraggeber. Er ist Sanders‹ Neffe. Da fällt mir ein, er ist noch nicht tot. Das müssen wir korrigieren.«

Er küsste mein Handgelenk, direkt über dem Puls. »Das werden wir.«

Während ich weiter seine Wunden versorgte, erzählte ich ihm, was mit Fontana geschehen war.

»Es gibt da noch etwas, was ich dir erzählen muss«, gestand ich am Ende meiner Erzählungen.

»Was denn?«

Ich schluckte, vertrieb das ungute Gefühl und nahm einen tiefen Atemzug. »Am Anfang habe ich für euch beide gearbeitet. Für dich und Luar. Ich wollte das Geld von euch beiden einsacken und mich dann aus dem Staub machen.«

Er fing meine Hände wieder ein und zwang mich, ihn anzusehen. »Ich weiß.«

Ich blinzelte. »Was?«

Er lachte leise. »Ich wusste schon damals, wer und was du warst. Es war mir nur egal, solange ich am Ende Luar bekam.«

»Aber ich hatte die ganzen Informationen zusammen. Ich hätte euch großen Schaden zufügen können, wenn ich sie weitergegeben hätte.« Ich starrte ihn verständnislos an.

»Die Notizbücher?« Er grinste mich an. »Alles Fake. Du glaubst doch nicht ernsthaft, dass ich solche Informationen unbewacht im Haus liegen lassen würde. Mit dir.«

Ich schüttelte den Kopf. »Du bist ein Arschloch.«

»Und du ein Miststück.« Er gab mir einen schnellen Kuss, bevor er meine Hände wieder freigab, damit ich auch die letzten Wunden versorgen konnte.

Eine Weile herrschte Schweigen, aber als ich fertig war, erhob Raphael erneut das Wort.

»Werden Ninos Männer weiter nach dir suchen?«

Ich schüttelte den Kopf, ließ den Blick über seinen Körper wandern, um sicherzugehen, dass ich keine Stelle übersehen hatte. »Nein. Das war eine persönliche Sache zwischen mir und ihm. Jetzt ist es zu Ende.«

»Gut.« Er legte die Arme um mich. »Du hast mich gerettet.«

Ich lächelte ihn an, legte die Hände in seinen Nacken. »Das habe ich wohl.« Ich beugte mich ganz nah an sein Ohr heran. »Und jetzt schuldest du mir ein neues Motorrad.«

Raphaels raues Lachen schickte einen Schauer über meinen Rücken. »Die Wette hätte ich beinahe vergessen.«

Kapitel 34

Raphael

Ich beobachtete, wie Alexia das Messer aus der Brust dieses ehemals winselnden Arschlochs zog. Wir hatten Luar gefunden, und jetzt hatte er endlich bekommen, was er verdient hatte. Sie war gnadenlos gewesen, hatte ihm langsam die Haut von Armen und Beinen geschält, bis sie seinem Elend mit einem eleganten Stoß ins Herz ein Ende bereitet hatte.

Mit einem Lächeln drehte sie sich zu mir um, und ich konnte nicht fassen, welches Glück ich mit dieser Frau hatte.

»Fertig.«

Ich grinste. »Das sehe ich.«

»Müssen wir uns jetzt noch um die Leiche kümmern?«

Ich schüttelte den Kopf. »Das wird Spades für uns erledigen. Wir haben etwas anderes vor.«

Alexia beugte sich hinunter, um das Messer am Hemd ihres Opfers sauber zu wischen, bevor sie auf mich zukam und die Arme um mich legte. »Ach wirklich? Und was wäre das?«

Ich legte die Hände um ihr Gesicht, zog sie ganz nah zu mir heran und bedeckte ihren Mund mit meinem. Ich teilte ihre Lippen mit der Zunge, trank ihr Stöhnen, als ich den Kuss vertiefte. Ihr Geschmack ließ meinen Schwanz zucken. Ich zog mich gerade noch rechtzeitig zurück, bevor ich nicht mehr hätte aufhören können.

»Lass dich überraschen«, flüsterte ich an ihren Lippen.

Ich nahm ihre Hand und führte sie nach draußen. Luar hatte sich versteckt, nachdem ihn die Nachricht über das Verschwinden der Saints erreicht hatte. Und zwar in einem schäbigen Motel außerhalb der Stadt. Allerdings hatte er auf die tödliche Art und Weise lernen müssen, dass man sich vor Red Reaper nicht verstecken konnte.

Ich schwang mich auf mein Bike, und Alexia stieg hinter mir auf, legte die Arme um mich und legte ihre Wange auf meinen Rücken.

Ich gestattete mir ein kleines Lächeln. Sie war einfach die perfekte Frau. Für einen Mann wie mich.

Gerade als wir vom Parkplatz fuhren, bog Spades mit dem SUV ein, und ich spürte, wie Alexia grüßend die Hand hob. Ich fädelte mich in den Verkehr ein und schlug den Weg zu unserem Zuhause ein.

Als wir vor der Holzhütte hielten und ich den Motor abstellte, hörte ich bereits, wie Alexia nach Luft schnappte. Ich grinste, drehte das Gesicht zur Seite und sah sie aus den Augenwinkeln heraus an.

»Für dich«, flüsterte ich.

Sie sprang von meinem Bike, um zu dem neuen Motorrad zu rennen, das vor der Veranda stand. Meine Frau bevorzugte eine eher sportliche, schnittige Maschine statt einer Chopper. Also hatte ich ihr ein mattschwarzes Motorrad mit roten Details gekauft. Ich ließ ihr ein wenig Zeit, um das Geschenk zu bewundern, bevor ich aufstand und hinter sie trat. Meine Hände berührten ihre Hüften, und ich zog sie an meinen Körper.

»Gefällt es dir?«

Sie drehte den Kopf zu mir, küsste mein Kinn und zeigte mir dann ein strahlendes Lächeln.

Ich deutete auf den Tank, wo eine rote Sense abgebildet war, und darunter stand, in derselben Farbe, *Red Reaper*. »Hast du schon dieses kleine Detail gesehen?«

»Es ist perfekt«, sagte sie noch immer lächelnd.

Ich deutete auf den Ledersitz, wo der geflügelte Totenkopf der Angels of Death eingestickt war. »Und was denkst du darüber?«

Sie machte einen Schritt vorwärts, fuhr mit den Fingern das weiche Material nach, bevor sie sich wieder zu mir umdrehte und die Arme um mich legte. »Ich denke, dass sich hier jemand einen wirklich erstklassigen Blowjob verdient hat.«

Bei dem Gedanken erwachte mein Schwanz zum Leben, und die beginnende Erektion drückte gegen die Jeans. »Ich sollte dir öfter schöne Dinge schenken, wenn das die Reaktion ist.«

Alexia drückte sich an mich, strich mit den Händen über meinen Körper und leckte einmal über meinen Hals, direkt über meinem Puls. »Lass uns reingehen«, murmelte sie.

Sie lag an meine Seite geschmiegt, den Kopf auf meiner Brust, und ich streichelte mit der Hand über ihren Rücken.

Wir hatten die letzten Stunden im Keller verbracht. Sie mit Handschellen an die Decke gefesselt, genau wie in unserer ersten Nacht zusammen. Sie hatte es so gewollt. Und sie hatte erneut die Peitsche gewollt. Allein bei dem Gedanken an die wunderbaren Spuren auf ihrem Rücken, ihren Brüsten und ihren Oberschenkeln wurde ich schon wieder hart. Aber jetzt war es anders zwischen uns. Jetzt ging es nicht mehr darum, den anderen zu brechen, sondern nur noch darum, ihm Vergnügen zu bereiten.

»Ich habe über ein Tattoo nachgedacht«, murmelte sie leise. Die Stimme noch träge von den Orgasmen.

»Ach ja?« Ich drückte einen Kuss auf ihre Stirn.

»Einen Erzengel auf einem Motorrad.« Sie rollte sich auf meine Brust, grüne Augen blickten in meine. »Über den gesamten Rücken.«

Meine Muskeln spannten sich an. Kurz glaubte ich, dass ich mich verhört hätte. »Wirklich?«

Sie nickte und lächelte mich an.

»Na, dann wird dich das hier ja längst nicht mehr so überraschen, wie ich es mir erhofft hatte.« Sanft schob ich sie von mir herunter und hob die Beine aus dem Bett, setzte mich auf die Bettkante. Ich hörte, wie Alexia überrascht nach Luft schnappte. Die Matratze sank hinter mir ein. Ich spürte ihre Hände auf meinem unteren Rücken und wie sie langsam nach oben strichen. Kurz unterhalb des Tattoos hielt sie inne.

»Wann hast du es machen lassen?«

»Zwei Tage, nachdem du Nino getötet hast.«

Sacht strichen ihre Finger über die Buchstaben, die einmal quer über meinen Rücken verliefen. Von der linken Schulter bis hinüber zur rechten.

»Red Reaper«, flüsterte sie.

»Sieh genauer hin.«

Einen Moment herrschte Stille, dann schlug sie mir auf den Rücken, unterhalb des Tattoos. »Du bist ein Idiot«, murmelte sie, und ich grinste. Anscheinend hatte sie die kleineren Buchstaben direkt oberhalb ihres Namens entdeckt.

PROPERTY OF
RED REAPER

Ich drehte mich zu ihr um und blinzelte überrascht, weil in ihren Augen Tränen schimmerten.

»Du bist so ein Idiot«, wiederholte sie.

Ich ergriff sanft ihr Kinn, bog ihren Kopf zurück und hauchte einen Kuss auf ihre Lippen. »Ich bin dein Idiot.«

Ich konnte ihr Lächeln spüren.

»Das erinnert mich daran, dass ich noch etwas für dich habe, Reaper.«

Sie lehnte sich zurück, um mir ins Gesicht sehen zu können. »Noch eine Überraschung?«

Ich nickte, drehte mich um und zog die oberste Schublade des Nachttischs auf. Das neue Leder fühlte sich kühl und noch ein wenig steif an, als ich die Kutte herausnahm. Sie war um einiges kleiner als meine, und außer dem Logo der Angels of Death vorn auf der Brust waren keine Patches darauf.

Ich hob sie hoch, sodass Alexia direkt die Rückseite ansehen konnte.

»Für dich.«

Sie blickte von der Kutte zu mir und wieder zurück. Ganz langsam breitete sich ein strahlendes Lächeln auf ihren Lippen aus. Dann nahm sie das neue Kleidungsstück in die Hand und zog es über ihren nackten Körper. Sie kletterte aus dem Bett, und ich legte mich wieder zurück, die Arme hinter dem Kopf verschränkt, und betrachtete sie. Alexia stand am Fußende des Bettes mit nichts an ihrem wunderschönen Körper außer der Kutte, die ich ihr gerade geschenkt hatte. Ihr flammend rotes Haar umwogte ihren Körper. Ihre grünen Augen glänzten vergnügt.

Sie war perfekt. Das Gesicht eines Engels, der Verstand eines Dämons. Und ihr Körper der feuchte Traum eines jeden Mannes. Nur würde kein Mann außer mir diesen Körper jemals nackt zu Gesicht bekommen. Am Anfang hatte ich sie ficken wollen, dann hatte ich sie töten wollen. Aber dann war sie bei mir eingezogen, und ja, ich hatte sie gevögelt. Oft. Und doch würde ich nie genug von ihr bekommen. Wir hatten zusammen gelacht, sie hatte für mich gekocht und war in meinen Armen eingeschlafen.

Irgendwo zwischen ihrem ersten Auftritt in meinem Clubhaus und diesem Moment hatte sich Red Reaper, gefürchtete Söldnerin, in mein Herz geschlichen. Sie hatte mich voll und ganz um den Finger gewickelt. Ich gehörte ihr.

Sie drehte sich um. In großen, weißen Buchstaben prangten auf dem Leder, rund um das Logo der Angels, drei Wörter.

PROPERTY OF ARCHANGEL.

Die Romane von Vanessa Sangue bei LYX.digital:

Angel & Reaper – Du gehörst mir

Die Cosa-Nostra-*Reihe:*

1. Cold Princess *(erscheint April 2018)*
2. Fire Queen *(erscheint August 2018)*

Die Dark-Hope-Reihe:

1. Dark Hope – Gebieter der Nacht
2. Dark Hope – Verbindung des Schicksals
3. Dark Hope – Gefährte der Einsamkeit

Novella zur Reihe:
Dark Hope – Kalte Jagd

Außerdem erschienen:
No Limits – Berauschende Sehnsucht

Weitere Romane der Autorin sind bei LYX in Vorbereitung.